Número dos

David Foenkinos nació en París en 1974. Licenciado en Letras por la Universidad de la Sorbona, recibió también una sólida formación como músico de jazz. Entre sus novelas, acogidas con entusiasmo por los lectores y la crítica en todo el mundo y traducidas a muchos idiomas, destacan *El potencial erótico de mi mujer* (Premio Roger-Nimier 2004), *En caso de felicidad* (2005), *Los recuerdos* (2011), *Estoy mucho mejor* (2013) y, sobre todo, *La delicadeza* (2009), que fue merecedora de diez galardones y finalista de los premios literarios más prestigiosos en Francia, como el Goncourt, el Renaudot, el Médicis, el Femina o el Interallié, y que posteriormente fue llevada al cine por el propio autor y su hermano Stéphane. En 2010, Foenkinos, melómano y fan incondicional de John Lennon, decidió publicar una singular biografía novelada, *Lennon*, con la que Alfaguara inició en 2014 la publicación de su obra. En 2015 fue galardonado con los prestigiosos premios Renaudot y Goncourt des lycéens por *Charlotte* (Alfaguara, 2018), un libro único que rescató del olvido a la pintora Charlotte Salomon. Tras el éxito de *La biblioteca de los libros rechazados* (Alfaguara, 2017), adaptada al cine, esta editorial ha publicado también *Hacia la belleza* (2019), *Dos hermanas* (2020), *La familia Martin* (2021), *Número dos* (2022), ganadora del Prix Nice Baie des Anges, y *La vida feliz* (2024).

DAVID FOENKINOS

Número dos

Traducción de
Regina López Muñoz

DEBOLS!LLO

Papel certificado por el Forest Stewardship Council®

Penguin
Random House
Grupo Editorial

Título original: *Numéro deux*

Primera edición en Debolsillo: febrero de 2026

© 2022, David Foenkinos
© 2022, 2026, Penguin Random House Grupo Editorial, S.A.U.
Travessera de Gràcia, 47-49. 08021 Barcelona
© 2022, Regina López Muñoz, por la traducción
La traductora agradece el apoyo de ALCA, en el marco de las residencias de escritura del Chalet
Mauriac, propiedad de la Région Nouvelle-Aquitaine, en Saint-Symphorien.
Esta novela es una obra de ficción que no cuenta con la aprobación de J. K. Rowling ni de Warner Bros.
Página 38: *Harry Potter y la piedra filosofal*, J. K. Rowling,
traducción de Alicia Dellepiane Rawson
Título original: *Harry Potter and the Philosopher's Stone*
Harry Potter Publishing Rights © J. K. Rowling
© J. K. Rowling, 1997, por el texto
© 2000, Ediciones Salamandra, por la traducción española
Página 138: Octavilla ficticia de un hechicero, a partir de varios textos y documentos reales.
© Chanyu, Wikimedia-Commons
Diseño de la cubierta: Penguin Random House Grupo Editorial
Imagen de la cubierta: © David de las Heras, 2022

Printed in Spain – Impreso en España

ISBN: 978-84-663-9074-3
Depósito legal: B-21.452-2025

Compuesto en MT Color & Diseño, S.L.
Impreso en Black Print CPI Ibérica
Sant Andreu de la Barca (Barcelona)

P 3 9 0 7 4 3

Advertencia al lector

Si bien ciertos elementos de esta novela se inspiran en hechos reales, la intención principal del autor ha sido dar rienda suelta a su imaginación, al hilo de una intriga completamente ficticia.

En 1999 arrancaba el casting para encontrar al chico que interpretaría a Harry Potter y que por tanto se haría mundialmente famoso. Centenares de actores pasaron por las audiciones. Al final, solo quedaron dos. Esta novela cuenta la historia del que fue descartado.

Primera parte

1

Para entender la envergadura del trauma de Martin Hill, había que remontarse a la raíz del drama. En 1999, Martin tenía apenas diez años y vivía en Londres con su padre. Recordaba esta época como un tiempo feliz. En una foto, de hecho, aparecía esbozando una amplia sonrisa en forma de promesa. Y eso que los últimos meses habían sido complicados; su madre se había vuelto a vivir a París. De común acuerdo, para no separarlo de sus amigos, para no añadir otra separación a la separación, se había decidido que el pequeño Martin se quedaría con su padre. Vería a su madre todos los fines de semana y en vacaciones. Se elogiaba el Eurostar por el acercamiento francobritánico que suponía, pero también facilitaba una barbaridad la logística de las rupturas. A decir verdad, a Martin no le afectó este cambio. Como a todos los niños testigos de disputas, el espectáculo permanente de los reproches se le había vuelto insoportable. Jeanne había acabado aborreciendo todo lo que en un primer momento le había gustado de John. Le encantó su faceta artística y soñadora hasta que solo vio en él a un holgazán soberanamente excéntrico.

Se conocieron en un concierto de los Cure. En 1984, John lucía el mismo corte de pelo que el cantante, una especie de baobab en la cabeza. Jeanne era *au pair* en casa de una pareja de ingleses jóvenes tan ricos como inflexibles, y su melena formaba un cuadrado impecable. Si el corazón fuese capilar, jamás se habrían reconocido. Por lo demás, Jeanne estaba en aquel concierto un poco por casualidad, azuzada por Camille, otra francesa a la que había conocido en Hyde Park. Las dos se fijaron en esa especie de energúmeno al fondo de la sala con pintas de estar completamente perdido. Empalmaba las cervezas como el grupo empalmaba los temas. Al cabo de un rato, le fallaron las piernas. Las dos chicas se acercaron para levantarlo, él intentó darles las gracias, pero su boca pastosa ya no era capaz de producir ni un mísero sonido inteligible. Lo acompañaron a la salida a que le diera el aire. John estaba lo bastante lúcido para sentirse francamente patético. Camille, como fan fatal que era, se metió de nuevo en la sala, mientras que Jeanne se quedó con el muchacho en vías de perdición. Más adelante se preguntaría: ¿debería haber salido por pies? Cuando nos conocimos, estaba cayéndose redondo, no es un dato anodino. «No hay que fiarse de las primeras impresiones; suelen ser acertadas», escribió Montherlant, o al menos Jeanne creía que podía atribuírsele a él la cita, probablemente extraída de *Les Jeunes Filles*, novela que todas sus amigas devoraban por aquel entonces. Muchos años después, descubriría que aquellas palabras las había pronunciado Talleyrand. Sea como fuere, Jeanne se dejó conquistar por la extravagancia del chico. Conviene especificar que a John no le faltaba sentido del humor. Eso que se da en llamar humor inglés, seguramente. Cuando volvió en sí, balbució: «Siempre he soñado con ponerme al fondo de la sala durante un concierto de rock y encadenar una birra tras otra. Siempre he soñado con ser ese tío guay. Pero no hay nada que hacer, soy un pipiolo aficionado a la Schweppes y a Schubert».

De esta manera, Jeanne se perdió la increíble versión de ocho minutos de *A Forest*. A Robert Smith le gustaba alargar esa canción sideral, la primera de la banda en entrar en las listas británicas. Empezó a caer un buen aguacero; los dos jóvenes se refugiaron en un taxi y pusieron rumbo al corazón de Londres. John vivía allí, en un territorio minúsculo heredado de su abuela. Antes de morir, la mujer le había dicho: «Te dejo el piso con la única condición de que vayas a regar las flores de mi tumba una vez a la semana». No es muy habitual que se haga valer un contrato indefinido entre una difunta y un vivo. Quizá otro ejemplo de humor inglés. En cualquier caso, el nieto aceptó el pacto y jamás faltó a su promesa. Pero regresemos a los vivos. Aquella noche, Jeanne, de ordinario reservada, decidió subir a casa de John. Juzgaron entonces preferible desvestirse con tal de no dejarse puesta la ropa empapada. Una vez desnudos, uno frente al otro, no les quedó más remedio que hacer el amor.

De madrugada, John propuso que fueran al cementerio; le tocaba pagar el alquiler moral. A Jeanne le pareció absolutamente encantadora la idea de aquel primer paseo. Caminaron durante horas, sumidos en la magia total de los comienzos, sin imaginar que quince años después se divorciarían estrepitosamente.

2

Les hacía gracia llamarse John y Jeanne. Se narraron durante horas; todas las páginas del pasado. En los albores del amor, el ser amado es una novela rusa. Es río caudaloso, furioso. Descubrieron multitud de puntos en común. La literatura, por ejemplo. A los dos les gustaba

Nabokov y se prometieron ir algún día a cazar mariposas para emularlo. Por aquel entonces, Margaret Thatcher reprimía con brutalidad las reivindicaciones y esperanzas de los mineros en huelga; a ellos les traía sin cuidado. La felicidad no entiende de condición obrera; la felicidad siempre es un poco burguesa.

John estudiaba en la escuela de Bellas Artes, pero su auténtica pasión eran los inventos. Su último hallazgo: la corbata paraguas. Un objeto necesariamente abocado a convertirse en imprescindible para cualquier inglés. Aunque la idea era brillante, se estrelló contra un muro de desinterés general. La moda del momento era el bolígrafo despertador. Jeanne no se cansaba de repetirle que a todos los grandes genios los habían rechazado al principio. Había que darle tiempo al mundo para que se adaptara a su talento, añadía, enamorada y grandilocuente. Ella, por su parte, se había refugiado en Londres para huir de unos padres que nunca habían comprendido el manual de instrucciones del cariño; ya hablaba inglés a la perfección. Su sueño era ser periodista política. Quería entrevistar a jefes de Estado, sin tener muy claro de dónde le venía la obsesión. Ocho años más tarde, plantearía a François Mitterrand una pregunta durante una rueda de prensa en París. A su juicio, aquel instante constituiría el borrador de la consagración. En un primer momento, abandonó el empleo de niñera para servir mesas en un restaurante que servía un chili excelente. Enseguida se percató de que bastaba con hablar con un marcado acento francés para cosechar más propinas. Progresaba día tras día en el arte de trufar su inglés de vaguedades. Le gustaba cuando John la observaba desde la calle, esperando que acabase el turno. Cuando por fin Jeanne salía, daban paseos nocturnos. Ella le hablaba de la actitud grosera de ciertos clientes; él explicaba con entusiasmo su nueva idea. Reinaba entre ellos una especie de unión armoniosa de sueño y realidad.

Al cabo de varios meses de acumulación de propinas, Jeanne consideró que había reunido suficientes ahorros para dejar el trabajo. Redactó una sublime carta de motivación que le valió unas prácticas en el prestigioso diario *The Guardian*. Como era francesa, le encargaron que ejerciera de ayudante del corresponsal del periódico en París. Fue un jarro de agua fría. Ella esperaba una vida trepidante, viajar aquí y allá para hacer reportajes, pero sus funciones se limitaban a concertar citas o reservar billetes de tren. Era una ironía, pero el oficio de camarera le había parecido intelectualmente más estimulante. Por suerte, la situación mejoró. A golpe de tenacidad, demostró de lo que era capaz y al final le confiaron más responsabilidades. Incluso publicó su primer artículo. En unas pocas líneas, Jeanne informó de la creación de los comedores sociales Les Restos du Cœur en Francia. John leyó y releyó aquel puñado de palabras como si de un texto sagrado se tratara. Qué emoción increíble, ver en el periódico el nombre de la mujer que amaba; bueno, sus iniciales: J. G. Jeanne se apellidaba Godard, pero no tenía ningún parentesco con el cineasta suizo.

Unos días más tarde, al llegar al trabajo, ella descubrió en la sección de anuncios por palabras estas tres líneas escritas *en francés*:

Inventor sin inspiración
ha encontrado la iluminación.
¿Te casas conmigo, J. G.?

Jeanne se quedó varios minutos inmóvil delante del escritorio, estupefacta. Le resultaba aterrador ser tan feliz. Por un segundo se dijo que tarde o temprano lo pagaría caro, pero enseguida volvió a concentrarse en la relación idílica que mantenía con su propia vida. Empezó a pensar en una respuesta original, un sí que lo sorprendiera, una puesta en escena a la altura de su petición. Pero no. Levantó el teléfono, marcó el número del piso y, cuando John descolgó, ella dijo simplemente: «Sí». La ceremonia fue íntima y lluviosa. En el ayuntamiento sonó una canción de los Cure en el momento en que entraron los inminentes recién casados. Los pocos amigos invitados aplaudieron a la pareja, que, como manda la tradición, se besó fogosamente tras intercambiar las alianzas. Por desgracia, y por sorprendente que parezca, nadie se acordó de pertrecharse con una cámara de fotos. Tal vez fuera mejor así; cuando no hay huella física de la felicidad se reduce el riesgo de que posteriormente lo embargue a uno la nostalgia.

Pasaron unos días en una pequeña granja en el corazón de la campiña inglesa. Aprender a ordeñar vacas fue la ocupación principal de la luna de miel. Al volver, se mudaron a un piso más grande; o sea, a uno de dos habitaciones. Esto les permitiría disponer cada uno de su espacio si sobrevenía una pelea, se dijeron con una sonrisa. Vivían esa bendita fase del amor en que el humor corre por las venas; todo resulta cómico con una facilidad pasmosa. Aunque esto no impedía que Jeanne pensara con ambición en el porvenir. Su marido le parecía excepcional, pero no por ello estaba dispuesta a hacerse cargo de todo lo que suponía una vida en pareja. John tenía que madurar, tenía que trabajar. ¿Por qué hay que someterse constantemente a la dimensión pragmática de la vida?, pensó él. Por suerte, la cosa fue bastante sencilla. Stuart, un antiguo compañero de Bellas Artes que ahora era escenógrafo de cine, le propuso incorporarse a su equipo. Así pues, John se vio en el set de rodaje de *Panorama para matar*, la nueva entrega de las aventuras de James Bond. Entre sus contribuciones cabía destacar la pintura verde del picaporte de una puerta abierta por Roger Moore. Durante años, con cada redifusión de la película John exclamaría: «¡Mi picaporte!», como si todo el éxito de la saga reposara sobre ese accesorio. Le complacía formar parte de aquel ejército silencioso que se afana entre las bambalinas de un plató. Y así fueron pasando los años, en una alternancia de rodajes y de tentativas estériles de inventar algo revolucionario.

La Nochevieja que transformaría 1988 en 1989, Jeanne tuvo náuseas. Y eso que todavía no había bebido nada. Adivinó de inmediato que estaba embarazada. Cuando dieron las doce campanadas, a pesar de que estaban en medio de una fiesta y todo el mundo se besaba, Jeanne no le dijo «Feliz año nuevo, amor mío», sino que susurró: «Feliz año nuevo, papá». John tardó unos segundos en comprender, y a punto estuvo de desmayarse; era de tragedia fácil. Pero tenía su explicación: él, que navegaba en la sequía de la inspiración, iba a crear un ser humano. Y así fue como el 23 de junio de 1989 nació Martin en el Queen Charlotte's and Chelsea Hospital, una de las maternidades más antiguas de Europa. Los jóvenes padres escogieron ese nombre porque se identificaba fácilmente a ambos lados del canal de la Mancha. Por lo demás, digámoslo ya, en ese mismo hospital, justo un mes más tarde, vendría también al mundo Daniel Radcliffe, futuro intérprete de *Harry Potter*.

3

La llegada de Martin, naturalmente, alteró el día a día. La ligereza de la primera etapa era ya agua pasada; ahora tocaba calcular, prever, verlas venir. Combinaciones todas bastante poco compatibles con las inclinaciones de John, que seguía trabajando en películas, pero no lo suficiente. Varios directores de escenografía se negaban a volver a colaborar con él; lo encontraban demasiado vehemente cada vez que surgía una discrepancia a cuenta de alguna decisión artística. Jeanne había intentado inculcarle algo de diplomacia, o al menos una manera de medir sus palabras, pero era evidente que John tenía un problema con la autoridad. Por lo general, se pasaba la vida criticando a los poderosos. En sus arrebatos, incluso llegaba a denigrar el periódico para el que trabajaba su mujer por considerarlo a sueldo del poder.* Y eso que *The Guardian* estaba lejos de tener fama de indulgente con el gobierno. Cuando aquello pasaba, a Jeanne le costaba soportar su manera de quejarse sin cesar, aquella actitud que delataba amargura. John la sacaba de quicio, pero luego el cariño se regeneraba.

John era un genio de domingo. ¿Debía culparse por no estar tocado por la gracia de la inspiración? ¿Tenía sentido sufrir por no ser Mozart cuando no sacabas de un piano más que pésimas melodías? Él se regodeaba en su papel de artista incomprendido. Era de los que pretendían envilecerse en un concierto de rock cuando en realidad detestaba esa música. Puede que toda su psicología se resumiera en aquella contradicción inicial. John soñaba que era inventor, pero en realidad no tenía ni

---

* Años después, Jeanne se daría una vuelta por una librería y no podría abstenerse de comprar la nueva novela de Philip Roth, *Me casé con un comunista*.

una sola idea; lo hacía sufrir esa fuerza creadora no desarrollada que sentía en lo más recóndito de su ser. Por suerte, la paternidad le ofrecía material para alimentar su creatividad; adoraba confeccionar toda clase de juguetes originales. Martin estaba increíblemente orgulloso de tener un papá así. Su día a día rezumaba imprevisibilidad, cada jornada buscaba lo insólito. John resplandecía a ojos de su hijo. Y esa mirada le sentaba bien, lo ayudó a apaciguarse, a espantar paulatinamente la frustración.

Las cosas por fin mejoraron también en el terreno profesional. Un día lo llamaron para sustituir en plató a un utilero que se había puesto enfermo. Fue como una revelación. Se trataba de un oficio complejo que requería una inmensa capacidad de reacción. Su papel consistía en resolver cualquier problema de tipo práctico: calzar una silla que de pronto cojeaba, encontrar un sacacorchos más sencillo de manejar o cambiar el color de una bolsita de té. No solo era John mucho más autónomo en sus nuevas funciones, sino que le chiflaba esa tensión incesante. Había encontrado una vocación que combinaba inventiva y decoración (existe siempre, pues, un oficio que nos aguarda en alguna parte). Según sus propias palabras, se había convertido *en un artista del último segundo*.

4

Jeanne no conocía semejantes tormentos. Su curva profesional no había hecho más que ascender. Consiguió incorporarse a la sección de política (su sueño) y escribía reportajes que le exigían viajar. Cuando estaba fuera y llamaba por teléfono a su hijo, él coloreaba en un mapa su ubicación geográfica. Llegó un momento en que las huellas de su madre recubrían buena parte de Europa. Sin ser del todo consciente de ello, Jeanne se alejaba de su hogar. John era como esos amoríos de juventud que soportan mal la madurez. Saltaba a la vista que ambos habían evolucionado hacia esferas diferentes. Sin embargo, muchas parejas sobreviven al desparejamiento. Había tantas razones para seguir queriéndose... Su hijo, su pasado, los rescoldos de su certeza. Jeanne sentía afecto por John, pero ¿era todavía amor? Ella quería preservar intacta su historia, pero el tiempo avanzaba y Jeanne tenía la sensación de que estaba pasando por alto lo esencial; su corazón latía de un modo demasiado razonable. A veces se guardaba rencor por sus disputas de pareja. No has ordenado esto, ¿por qué has olvidado esto otro? Esos ultrajes domésticos la horripilaban, ella aspiraba a más en su vida cotidiana. Pero aquellos reproches eran la materialización verbal de la frustración.

Algunas historias están escritas antes incluso de que comiencen. A Jeanne le caía bien uno de sus compañeros de la sección de deportes. Alguna vez habían comido juntos, con esa falsa inocencia que disimula la seducción al acecho. Hasta que él le propuso: «¿Y si vamos a tomar una copa alguna tarde?». Ella respondió que sí espontáneamente. Lo más raro fue que no le contó la verdad a su marido. Jeanne puso la excusa de un cierre de edición tardío. Todo estaba ya ahí, en ese embuste que delataba lo que ella sentía. Después de la copa hubo otra proposición, esta vez de una cena; y de nuevo una mentira; tras la segunda cena hubo un beso; y luego se habló de verse en un hotel. Jeanne fingió sorpresa, pero su reacción solo era la frágil fachada de su exaltación. Deseaba a aquel hombre, pensaba en él a todas horas, en su mirada y en su cuerpo. La sensualidad volvía al primer plano de su vida. Y él también sentía lo mismo; nunca antes había engañado a su esposa. Ocultaba la intensidad de su turbación bajo una fachada de confianza. Tan avergonzados como atónitos, se prometieron que su aventura tendría los días contados; estaban hurtándole una pizca de locura a su vida cotidiana y procuraban hacerlo sin que la culpabilidad los machacara; la vida era demasiado corta para ser intachable.

La esposa traicionada allanó aquel paréntesis a raíz del descubrimiento de unos mensajes. Podría haber abandonado a su marido, pero no fue eso lo que hizo. Exigió que el *affaire* acabase a la voz de ya. Él accedió de inmediato, pues no estaba dispuesto a renunciar a la familia que había construido ni al día a día con sus tres hijos. Dimitió del periódico y encontró un puesto en un canal de televisión local en Mánchester, que lo obligó a mudarse. Jeanne no volvió a verlo nunca más. Pasó semanas como embrutecida, estupefacta al constatar la velocidad a la que se había esfumado su felicidad. Ir a trabajar se volvió un suplicio; comprendió entonces que aquella historia que ella había creído ligera la había trastornado. Ironías constantes del corazón, John había estado especialmente cariñoso durante todo este período. Cuanto más esquiva se mostraba Jeanne, más intentaba él acercarse a ella. Pero John le estorbaba; necesitaba estar sola; ya no lo amaba. Reñían por pequeñeces que ella fomentaba. Necesitaba echar un manto sobre su desamor.

De pronto, Jeanne no soportaba más Inglaterra, tierra de los vestigios visibles de su pasión abortada. Pero ¿qué hacer? Martin tenía nueve años, estaba atrapada. No podía desarraigarlo volviendo a Francia; y mucho menos arrebatárselo a su padre. Fue entonces cuando el destino decidió en su lugar: le ofrecieron un puesto de analista política en la revista *L'Événement du jeudi*. Georges-Marc Benamou acababa de tomar las riendas del semanario y se había propuesto rejuvenecer y dinamizar la plantilla. Jeanne lo había conocido en Londres cuando Tony Blair salió elegido primer ministro. Hicieron buenas migas, pero ella jamás hubiera imaginado que algún día pudiera reclamarla. Jeanne interpretó la situación como una mano extendida hacia su porvenir. Justo antes de echarse a dormir, en la oscuridad de la habitación, le dijo en voz baja a su marido: «Me voy a ir». John encendió la luz y le preguntó adónde pretendía ir a esas horas de la noche.

Ella sacó a colación sus últimos años. En medio de aquella súbita voluntad de confesión, se planteó revelar su infidelidad, pero se lo pensó mejor. De nada servía malograr aún más algo que ya había terminado. Jeanne habló de desgaste y del tiempo que pasa. Unas cuantas fórmulas generales de las que pretenden decirlo todo y a la vez no decir nada. Y luego aludió a la oportunidad profesional que se le brindaba. John suspiró tres veces:

—No puede ser, no puede ser, no puede ser.

Al final, dijo:

—Siempre puedes irte a París, si para ti es importante. Yo me encargaré de todo. Nos reuniremos los fines de semana...

—No es eso lo que quiero. Yo necesito avanzar.

—...

—Nuestra historia se ha acabado.

—...

—Lo siento muchísimo.

—...

—Martin se quedará contigo. No quiero apartarlo de su vida de aquí, de sus amigos. Él vendrá a verme los fines de semana y en vacaciones... Bueno, si te parece bien...

John se había quedado mudo. Aquello no era una discusión, sino una sentencia. Ya se imaginaba solo en el piso, su hijo al otro lado del mar. Al cabo de poco, Jeanne le pediría la custodia, estaba convencido; primero intentaba engatusarlo, ir por fases en la implantación de su declive. ¿Qué iba a ser de él? ¿Cómo vivir sin ella? John se dejó ir a la deriva hacia la versión más oscura de su futuro.

5

Dio comienzo una nueva vida. John intentaba no dejar traslucir sus sensaciones; era un payaso en el circo de la separación. Cuando acompañaba a Martin a la estación los viernes por la tarde, decía indefectiblemente con una sonrisa de oreja a oreja: «¡Dale un beso a la torre Eiffel de mi parte!». Cualquier crío habría sido capaz de detectar el patetismo de tamaña comedia. Para cada viaje, John preparaba un bocadillo de atún con mayonesa que envolvía delicadamente en papel de aluminio. Este acto ritual era una pura manifestación de amor. Luego volvía a casa, donde la soledad era ensordecedora. La mayor parte de su fin de semana consistía en imaginar los paseos de su hijo con Jeanne; ¿adónde irían, qué harían? Sin embargo, cuando recogía a Martin el domingo por la tarde, prácticamente no le hacía ninguna pregunta. Le faltaba valor para oír el relato de la vida sin él. Se limitaba a decir: «Bueno, ¿estaba rico el bocata?».

6

Corría el año 1999. Martin era un inglesito como tantos otros. Futbolero, hincha del Arsenal, dio saltos de alegría cuando el equipo de sus amores fichó a Nicolas Anelka. Cada vez que este último marcaba un gol, Martin se sentía orgulloso de tener una madre francesa. ¿Qué más? Su cantante favorito era Michael Jackson, tenía un póster de Lady Di en su cuarto y soñaba con tener algún día un perro al que pudiera llamar Jack. También deberíamos aludir a su amor por Betty, una pelirroja que prefería a su amigo Matthew. Aunque algunos días no estaba muy seguro de amarla; esa forma que Betty tenía de hablar a voces le resultaba insoportable. Quizá le buscara defectos para sufrir menos por no ser su favorito. Con diez años ya había comprendido que una de las diversas formas de ser feliz consiste en modificar la realidad. Esa misma realidad de la que también se puede huir tirando de imaginación o de las imágenes que genera la lectura. A su alrededor, se hablaba cada vez más de una novela titulada *Harry Potter*. Su amiga Lucy bebía los vientos por aquella historia de magos. Pero a Martin no le apetecía demasiado seguir la moda. Con las lecturas obligatorias del colegio le bastaba y le sobraba. En líneas generales, no manifestaba ninguna tendencia artística. No quería aprender a tocar un instrumento musical y no se sentía a gusto durante los espectáculos de fin de curso. Las raras ocasiones en que su padre lo había llevado a algún rodaje, Martin se había aburrido como una ostra. Desde luego, un niño en un plató de James Ivory es como un vegetariano en una carnicería.

La vida de Martin podría haber continuado de ese modo. Nada lo predestinaba a lo que sucedería después. Para llegar al casting de *Harry Potter* era necesario que se operase una modificación en la trayectoria. Y eso fue exactamente lo que pasó; por partida doble.

*

Siempre asociamos el azar con una fuerza positiva que nos catapulta hacia momentos maravillosos. De forma sorprendente, casi nunca se alude a su versión negativa, como si el azar hubiera confiado la gestión de su imagen a un as de la comunicación. La prueba: se suele decir que «el azar hace bien las cosas», algo que enmascara por completo la idea de que también es capaz de hacerlas mal.

*

En primer lugar, tenemos la larga huelga de transportistas británicos en la primavera de 1999. Luchaban por una mejora en sus condiciones laborales. Durante semanas, Londres se quedó aislada del resto del territorio, desabastecida hasta de los productos de primera necesidad. Pero este elemento no pesará hasta un poco más adelante. De momento, Martin está en el colegio. Como cada año, los alumnos deben someterse a un reconocimiento médico, una evaluación básica de su estado de salud. Los niños siempre reciben encantados esa oportunidad de perder una hora de clase, un poco como cuando toca hacer un simulacro de incendio que sustituye la tortura de la física y la química por el júbilo de un paseo. En fin, que para ellos era una alegría hacer pis en un tarrito. A Martin, poco deportista, se lo podía considerar un niño flacucho, pero tenía buena postura y un porte enérgico. La enfermera que lo auscultó le midió la tensión, le ordenó respirar con normalidad y toser, le dio unos toques en las rodillas con un extraño martillo para evaluar sus reflejos y por último le pidió que se levantara y se tocase los pies. Después le hizo varias preguntas sobre su entorno familiar y su alimentación; una especie de psicoanálisis exprés en el que Martin anunció que su madre se había vuelto a Francia y confesó que jamás comía brócoli.

Lo último fue la prueba oftalmológica, un chequeo que conserva su carácter lúdico incluso en la edad adulta. Siempre es emocionante intentar sobrevivir a ese alfabeto liliputiense. Uno entorna los ojos de un modo exagerado y grotesco, y todo para acabar viendo una hache en vez de una eme. En lo que a Martin respecta, el veredicto fue tajante: «Te ha empeorado la vista desde el año pasado. Vas a tener que ponerte gafas», concluyó la enfermera. Con diez años, el anuncio se considera por lo general bastante gracioso. Uno todavía no sabe que perderá horas buscando por todas partes esos dos circulitos de cristal sin los que no podrá salir; uno tampoco puede saber que las partirá justo antes de una cita importantísima y que tendrá que arreglárselas en medio de una niebla total; uno no puede saber, en fin, que, si algún día tiene que ponerse una mascarilla quirúrgica, se moverá en un mundo sometido a la dictadura del vaho. Por el momento, Martin opina que las gafas le darán un toque serio, o al menos inteligente, y que seguramente eso a Betty le gustará.

Esa misma tarde, Martin le entregó la receta a su padre, que no pudo evitar ver en aquello una consecuencia de la separación. «Se vuelve miope porque no quiere ver la nueva realidad de su vida...». Teoría interesante, pero que no cambiaría el curso de las cosas. Jeanne no iba a volver a Londres de buenas a primeras solo porque su hijo tuviera una dioptría en el ojo izquierdo. Al día siguiente, fueron a la óptica. Curiosamente, no había ni un solo par de gafas en los expositores.

—Habrá que esperar a que termine la huelga, que nos reabastezcamos. Casi no me quedan existencias —explicó el comerciante.

—¿Qué hacemos, entonces? —preguntó John.

—Eso pregúnteselo a los transportistas. Yo les voy a enseñar el catálogo y su hijo podrá escoger el modelo que más le guste. Las encargaré en cuanto se pueda.

—...

—Mientras tanto, les puedo ofrecer estas...

El hombre abrió entonces un cajón del que sacó unas gafas redondas de montura negra. Martin las miró, totalmente abatido. Cuando se las probó, le pareció que su cara adoptaba un aire un tanto extraño. El óptico agregó que podía ponerle los cristales ese mismo día. Su padre estaba extasiado: «¡Te sientan fenomenal! No hace falta ni que mires el catálogo. ¡De verdad, son perfectas!». El chico se convenció al instante de que aquel entusiasmo era fingido y que solo tenía un propósito: evitar volver por allí.

Así fue como Martin empezó a llevar gafas redondas.

7

La segunda iniciativa del azar se llamaba Rose Hampton, una joven de veintidós años que cuidaba a Martin cuando su padre tenía rodaje. El niño estaba fascinado por sus caprichos capilares: Rose cambiaba de color de pelo sin cesar. Varios años después, cuando descubriera la película *¡Olvídate de mí!*, Martin no podría por menos que acordarse de Rose frente al personaje interpretado por Kate Winslet. Su niñera poseía el mismo carisma, la misma dulce extravagancia. El chico no se atrevía a reconocerlo por miedo a hacer el ridículo, pero sentía algo por ella. El corazón de un hombre late a veces en el cuerpo de un niño. Por desgracia, Rose salía con un bruto que jugaba al críquet. Pero eso no era lo más importante. Lo importante fue una caída por unas escaleras.

Margaret pisó mal un escalón y sufrió una aparatosa caída. Murió en el acto. Era la abuela de Rose; su adorada abuela. Destrozada, la chica viajó corriendo a Brighton para organizar el funeral y dejarse absorber por un dolor inconmensurable. Durante días, vagó junto a la orilla del mar asediada por los recuerdos felices de su infancia. Qué absurdo irse así, cuando la vejez todavía no había hecho mella en su abuela. Una mala inclinación del pie, de un milímetro quizá, había resultado ser fatal. Un error ínfimo que te catapulta hacia la muerte. Y fue ese fallo infinitesimal, esa especie de mota de polvo irrisoria, lo que provocaría también un vuelco en el destino de Martin. El escalón que la abuela de su canguro pisó mal sería, en definitiva, el origen de su infortunio.

Rose embutió unos pocos bártulos en una maleta, sin pensar realmente en la época del año en la que estaban, y se precipitó hacia la estación Victoria. Justo antes de subir al tren la fulminó un relámpago de lucidez. No podía ausentarse sin previo aviso. Llamó por teléfono a su novio, luego a su mejor amiga, y finalmente marcó un último número. Saltó un contestador en el que Rose balbució que no podría encargarse de Martin al día siguiente. Esa noche, al escuchar el mensaje, John se quedó muy disgustado. Se preguntó qué habría podido pasarle a la chica para desaparecer tan de repente (ella no había dado explicaciones), pero inmediatamente sus pensamientos tomaron otro rumbo: ¿quién iba a cuidar a Martin?

John había accedido a ser «utilero de refuerzo» en una película que se perfilaba ya como un futuro taquillazo, *Notting Hill*. El casting, que reunía a Hugh Grant y

Julia Roberts, entusiasmaba a todo el mundo. John intervenía sobre todo en las escenas de exteriores, en Portobello Road, donde había que abordar con suma precisión la autenticidad de los tenderetes. El trabajo de Stuart Craig, el director de escenografía, era impresionante. Acostumbrado a las películas de época, estaba encantado con la idea de un proyecto donde el realismo cobraba una importancia crucial para el surgimiento de la magia romántica. Como no había encontrado sustituto para Rose, a John no le quedó más remedio que llevarse a su hijo al rodaje. Martin estaba acostumbrado a los platós y a quedarse quietito en un rincón. De todas maneras, por precaución, John avisó al director de producción de que al día siguiente iría con su hijo. Este respondió que le venía de perlas: podría hacer de figurante.

Podía dar comienzo la función.

8

Antes de continuar, debemos dar un leve paso atrás siguiendo el rastro de una escritora hoy en día famosa a escala mundial.

A menudo se hace alusión al «cuento de hadas» vivido por J. K. Rowling. Tenemos que imaginar a una mujer joven con una vida muy precaria que cría sola a una hija y que de la noche a la mañana se convierte en la heroína más grande del reino, un destino que parece tramado por el cerebro de un guionista de excelente humor. La historia arranca el 31 de julio de 1965 en Yate, en pleno corazón de Inglaterra. Su madre le transmite a Joanne el amor por los libros desde bien pronto, hasta el punto de que la autora recuerda que escribió su primer cuento con seis años. Desde luego, podemos poner en duda mucho de lo que se ha contado sobre ella. A más fama, más parece poseer la gente una opinión sobre tu pasado. Cada cual aporta una nueva pista, una revelación escabrosa o luminosa; hasta la persona más insignificante a la que una noche en una fiesta le ofreciste un cuenco de patatas fritas se plantea escribir una tesis doctoral sobre ti.

En cualquier caso, todo el mundo coincide en aludir a una imaginación precoz e impresionante. Pero el talento literario nunca ha ayudado a nadie a ser feliz, como bien es sabido. Introvertida, así se describe Joanne en su adolescencia: «Tranquila, cubierta de pecas y miope». En definitiva, toda la incomodidad necesaria para la concepción de un destino artístico. Por aquel entonces, la chica descubre que su madre padece esclerosis múltiple, una enfermedad que provoca una degeneración progresiva, terrible cuenta atrás hacia la muerte. La violencia de la conmoción es inmensa. Como gesto simbólico, Joanne decide entonces dedicarse a lo mismo que su madre: la docencia. Durante sus estudios universitarios pasa unos meses en París, donde vive cerca de una librería que en la actualidad ya no existe. Le sale un trabajo como secretaria y traductora en Amnistía Internacional, donde se enfrenta a sufrimientos que la obsesionan. Mucho más tarde afirmará: «Algunas cosas que vi me provocaron pesadillas...». Aquí y allá, en los destellos biográficos, se identifica la génesis de un universo en ciernes.

Luego recala en la cámara de comercio de Mánchester. Cuesta imaginar una vida más gris, pero el aburrimiento es la mejor formación para escribir. Joanne se refugia cada vez más a menudo en la imaginación (la versión literaria de la ensoñación) hasta ese día de 1990 en que la inspiración la fulmina en un tren entre Mánchester y Londres.* Con la frente apoyada en el cristal, sin lápiz ni papel para anotar las ideas, en su cabeza se perfila la historia de *Harry Potter*. Todo surgió de sopetón, la trama general de los siete tomos, aclarará. Como un reverso de ese destello fulminante, su madre muere seis meses más tarde.

Por fin se le brindan nuevos horizontes. Gracias a un anuncio publicado en *The Guardian*, consigue trabajo como profesora de inglés en Portugal. Allí conoce a Jorge, un periodista con el que tendrá una hija, Jessica. Pero la relación es tumultuosa; él acaba golpeándola y persiguiéndola por las calles de Oporto en plena noche. En entrevistas recientes, el tal Jorge reconoce que la abofeteó, pero niega que hubiera malos tratos; una paradoja algo difícil de comprender. Joanne regresa entonces a Inglaterra con su hija, sin la más mínima perspectiva profesional ni personal. Al principio se aloja en la casa de su hermana en Edimburgo, hasta que encuentra un pisito, y sobrevive gracias a las ayudas sociales. El cuento de hadas carbura con diésel. Joanne califica su vida de desastre y se sume en una depresión. Más adelante explicará que esas horas oscuras le inspiraron la creación de los «dementores», esas criaturas maléficas sin rostro que aspiran la alegría y los buenos recuerdos. De nuevo le sale trabajo como profesora. En cuanto puede robarle un ratito a su horario, escribe con esa rabia que a veces calificamos como energía de la desesperación. Poco a poco, las páginas se acumulan; la historia cobra forma.

---

* Se cuenta que hay escritores faltos de inspiración que cogen ese tren con la esperanza de ser tocados ellos también por la gracia.

En 1995, con el manuscrito terminado, entra en una librería de Edimburgo y se topa con una lista de agentes literarios. El nombre de Christopher Little la seduce y decide enviarle la resma de folios a la dirección de su agencia, en el barrio londinense de Fulham. Bryony Evans, su ayudante, cae rendida a los encantos del texto e insiste a su jefe para que lo lea. La lectura de los primeros capítulos basta para convencerlo y Little llama a la autora. Joanne no da crédito, siente ganas de gritar de alegría; pese a todo, tiene muy presentes las palabras del agente: «Todavía no hay nada seguro...». Los meses siguientes lo confirmarán sin asomo de dudas. Las doce primeras editoriales a las que se dirigen rechazan el manuscrito. No hay tutía. Pasa un año y un día Little se entera de que la casa Bloomsbury va a fundar un sello juvenil. Decide mandarle el manuscrito a Barry Cunningham, que queda fascinado con el comienzo. Pero, al final, el destino de Joanne dependerá de una niña de ocho años: Alice Newton, la hija del director general, quien, para contar con la opinión de una niña, le da a leer el primer capítulo de *Harry Potter*. Alice, exaltada, quiere saber cómo sigue a toda costa. Este entusiasmo originará el mayor frenesí editorial del planeta.

Firman el contrato. La editorial aconseja a Joanne que modifique su nombre de pila con el fin de que el libro, escrito por una mujer, no se encasille como «un libro para niñas». Así es como Joanne se convierte en «J. K.» en la portada del primer tomo de la serie, publicado el 26 de junio de 1997. La K. es de Kathleen, su abuela paterna. La primera tirada es prudente, solo dos mil quinientos ejemplares, pero enseguida hay que hacer varias reimpresiones. Unas semanas después, la novela se coloca en el primer puesto de los más vendidos y empieza a hablarse ya de fenómeno. Mientras Joanne escribe la continuación, la explosión continúa. El libro está traduciéndose en el mundo entero, tras unas subastas importantes. Ya solo falta un elemento para rematar el milagro: una adaptación cinematográfica.

9

Gracias a sus padres, David Heyman siempre se había movido en el mundillo cinematográfico. Su madre, Norma, fue productora de *Las amistades peligrosas* de Stephen Frears. Y John, su padre, participó en el dispositivo financiero de obras maestras como *Marathon Man* o *Chinatown*. Cabe imaginar el peso que el joven sintió sobre sus hombros cuando se metió en el gremio. En cada reunión tenía que escuchar un «¡Ah, yo conozco muy bien a tu padre!» o un «¿Cómo está tu madre?». Todos los *hijos de* y las *hijas de* conocen esta forma de que los pongan permanentemente en su sitio dentro del tablero familiar. David habría podido escoger otra ocupación al amparo de comparaciones, pero no, el cine era su gran certeza. Decidió irse a Estados Unidos, donde tuvo una trayectoria de lo más digna, pasando de United Artists a Warner Bros. Sin embargo, con treinta y cinco años, la nostalgia por su tierra y las ganas de reunirse con los suyos lo empujaron a regresar y montar su propia empresa en Londres. Así fue como en 1996 fundó Heyday Films.

Las oficinas nuevecitas y una fotocopiadora último modelo esperaban la llegada de proyectos. A la hora de contratar una ayudante, su padre insistió en que le echase una mano a una de sus antiguas colaboradoras, que estaba en paro desde hacía años. Ann Taylor casi no abrió la boca durante la entrevista y no se la veía muy cinéfila. La última película que había visto en salas era *Memorias de África*, estrenada en 1985. Pero David decidió complacer a su padre, sobre todo porque este último había añadido: «La vida no la ha tratado nada bien, sabes...». Efectivamente, las adversidades habían alterado su autoestima hasta el punto de llevarla a considerar la soledad como el mejor lugar donde refugiarse.

El joven productor se pasaba los días leyendo guiones, pero no les llegaba nada apasionante. Sus padres se acercaban a comer con él de vez en cuando. David les hablaba entonces de algunos proyectos, de pasada; saltaba a la vista que lo mejor era cambiar de tema. Además, llovía constantemente. David, que había acabado harto de Los Ángeles, empezaba a añorar los paseos nocturnos por Venice Beach. ¿Había cometido un error al volver a Londres?

Todos los lunes por la mañana celebraba una reunión con los colaboradores externos, en la que Ann tomaba nota de todo lo que se decía. David quería especializarse en adaptaciones de novelas, de modo que cada cual se presentaba con una lista de libros aptos para convertirse en películas. Unos días antes había llegado a la oficina un paquete remitido por Christopher Little. Se trataba de *Harry Potter y la piedra filosofal*, una novela juvenil que todavía no había llegado a las librerías. Seguramente por lo colorido de la cubierta, Ann decidió llevársela a casa ese fin de semana. Atrapada por la historia del chico que entra en una escuela de magia, decidió que hablaría del libro en la reunión. Pero la timidez se lo impidió. Quiso volver a ver a David durante todo el día. Por más que preparase y repitiera las frases que iba a pronunciar, temía quedar en ridículo. Sin embargo, procuró espantar la aprensión, movida por la certeza de que debía compartir su entusiasmo por aquel libro. Llevaba años viviendo aislada del mundo. La lectura de la novela la había catapultado hacia una especie de fantasía alegre. Si a ella le había sentado bien, entonces a otra gente también la emocionaría; esa era su convicción. Por fin agarró el libro, se armó de valor y se dirigió al despacho de David. De nuevo el miedo la detuvo y se quedó súbitamente paralizada. En ese preciso instante, su jefe salió del despacho y sorprendió a su secretaria de pie frente a la puerta, inmóvil.

—¿Pasa algo?

—Perdón. No, no pasa nada. Es solo que... esta mañana se me ha olvidado hablarle de este libro —balbució, alargándole la novela.

Podría haberse conformado con eso, pero Ann quiso contarle la historia a grandes rasgos. *A priori*, a David el tema no le interesó nada. No era la clase de película que le apetecía producir. Él soñaba con un drama psicológico que le valiera un Oscar. Se hablaba entonces del atrevido proyecto que se disponía a rodar en Londres el inmenso Stanley Kubrick, y que reuniría a la pareja más glamurosa del mundo: Nicole Kidman y Tom Cruise. Con algo así soñaba él, y Ann se ponía a hablarle de un huérfano que volaba montado en una escoba. No, por favor, menudo disparate. Entonces ella empezó a toser. La fragilidad de aquella mujer desarmaba a David por completo. Si no hubiera tosido, tal vez todo podría haber sido diferente. Cogió el libro por educación, por no decir que por lástima, se lo guardó en la cartera y le dio las gracias.

Los días siguientes no pasó nada. Indudablemente, David había echado al olvido la recomendación de su secretaria. Entretanto, ella había releído la novela, como para confirmar su primera impresión. Azotada por la misma certeza, al término de la reunión del lunes siguiente se atrevió a preguntar: «¿Qué? ¿Lo ha leído?». A oídos de David, aquellas palabras sonaron igual que una advertencia de Hacienda. No, no había tenido tiempo, contestó, lo cual era totalmente falso. A decir verdad, no le apetecía nada zambullirse en aquella historia, pero justo en ese momento se acordó de las palabras de su padre: «La vida no la ha tratado nada bien, sabes...». En el peor de los casos, leería en diagonal, se saltaría páginas. Y prometió leerlo. Cumplió esa misma noche. Arrellanado en su sillón, abrió la novela y descubrió la primera frase:

> El señor y la señora Dursley, que vivían en el número 4 de Privet Drive, estaban orgullosos de decir que eran muy normales, afortunadamente.

Luego, la segunda:

> Eran las últimas personas que se esperaría encontrar relacionadas con algo extraño o misterioso, porque no estaban para tales tonterías.

Y la tercera:

> El señor Dursley era el director de una empresa llamada Grunnings, que fabricaba taladros.

Y así sucesivamente. Las frases iban hilvanándose en un estilo chispeante y placentero. Como avanzadilla de los millones de lectores que estaban por venir, David no pudo por menos que reconocer un sorprendente aliento novelesco. Aquella noche pretendía ver un programa de televisión, pero se le fueron las ganas sin darse cuenta. Se dejó absorber por la historia, incapaz de dejar de pasar las páginas. ¿Desde cuándo no sentía algo así? Ni se acordaba. Tal vez desde *El Palacio de la Luna*, de Paul Auster, y ni siquiera: eso fue porque iba a cenar con el autor a raíz del preestreno de su película *Smoke*, en Nueva York. Al final, el encuentro no se había producido. Aquella noche, el escritor y cineasta huyó de eventos sociales. Pero volvamos a *Harry Potter*. Hacía mucho tiempo, como decíamos, que David no experimentaba semejante deleite con una lectura. Hoy en día cuesta mucho imaginar la sensación que podía suscitar leer esta novela sin haber oído hablar de ella jamás, siendo virgen de comentarios, sin saber absolutamente nada del fenómeno en que se convertiría después. Hay que intentar conceptualizar la lectura de *Harry Potter* antes del bombazo de *Harry Potter*. Un puñado de lectores, entre los que se contaba David, tuvo la exclusiva de esta experiencia que ahora mismo solo podría vivir un extraterrestre. Por lo tanto, tampoco era tan obvio que alguien se dijera, antes incluso de la aparición del primer volumen de la saga: «Hala, de esta historia saldría una buena peli».

Fue su intuición inmediata, y la quintaesencia de su talento como productor. David visualizaba ya la casa de los Dursley y el colegio Hogwarts. Naturalmente, costaría mucho dinero, pero podría hablarlo con sus antiguos socios de la Warner. El único inconveniente era que nadie conocía el libro; y lo ideal, sobre todo cuando había mucho presupuesto de por medio, era adaptar historias que tuvieran un gran público de antemano. Su cerebro se revolucionaba, pero ¿no estaría yendo demasiado rápido? ¿Y si los derechos ya se habían vendido? Antes que nada, tenía que conocer al autor. ¿Quién se escondería detrás de esa *J* y esa *K*?

11

A la mañana siguiente, tras una noche corta, David entró en el despacho de Ann. Esta, al ver su semblante paliducho, pensó que habría estado toda la noche de farra en el Soho. Él cortó de raíz esta falsa interpretación nocturna compartiendo con ella su entusiasmo. En un primer momento, Ann creyó que solo estaba siendo educado porque ella había insistido. Pero no. David se puso a hablar de la historia con una profusión de detalles que no dejaba lugar a dudas: había devorado la novela. Ann sintió una honda alegría, una alegría que podía parecer desmesurada; al fin y al cabo, solo le había recomendado un libro a su jefe y él compartía con ella su opinión. Pero había algo más en su fuero interno. La idea de que era digna de confianza, de que sus intuiciones eran cabales. En otras palabras, todavía se podía contar con ella. Conociendo la evolución de los acontecimientos, es probable que ese parche en sus dudas al final anulara el permanente juicio de legitimidad que se imponía a sí misma.

—¿Sabe quién es el autor? —quiso saber David.

—Sí, me he estado informando. Es una mujer de treinta y dos años.

—¿Una mujer? No sé por qué pensaba que sería un hombre.

—Imagino que era la idea. Sembrar confusión con las iniciales J. K.

—Pues sí, puede ser...

—En las pruebas de imprenta no hay más datos, aparte de que lo lleva Little.

—Muy bien. Llámelo para concertar una cita.

—Claro que sí, ahora mismo... —respondió ella, antes de ir a buscar a David a su despacho al cabo de unos minutos—. La editorial Bloomsbury ha organizado un cóctel con motivo del lanzamiento del libro. Justo esta tarde, y la autora asistirá.

—...

—Está usted invitado...

Ann había pronunciado esas tres palabras con voz monocorde, como si fuese todo de lo más normal. Flotaba en el ambiente una especie de aroma de certeza. David acudiría al cóctel y conocería a J. K. Rowling. Le propuso a Ann que lo acompañara. A fin de cuentas, el libro lo había descubierto ella. Pero Ann puso una excusa, tenía que dar de comer a Chéjov y Tolstói, sus dos gatos, qué mala pata. Le parecía un gesto elegante que David la invitase, pero no se sentía a gusto en esos saraos donde hay que saber poner una sonrisa bobalicona y a la vez hacer comentarios inteligentes. La seducía, en cambio, la idea de ser una especie de consejera en la sombra. Aquella tarde, en el metro abarrotado, nadie podía imaginar que aquella pasajera entraría en la historia del cine como la alcahueta de un éxito descomunal.

12

David sintió como una presión ascendente en el momento en que llegó al cóctel. Tras dar su nombre en la entrada y dejar el abrigo, se dirigió al bar en busca de un vaso de agua. Tenía la boca seca; mientras bebía, efectuó un repaso visual a toda la sala. ¿Qué aspecto tendría la autora que él había ido a conocer? En ese momento se le acercó una joven: «¡David! ¿Qué haces aquí?». Debido ciertamente al malestar que experimentaba, tardó un poco en reconocer a la persona que lo interpelaba. Pero él sabía gestionar a la perfección esa clase de situaciones. Le bastaba con dejar que la conversación planeara sobre temas superficiales antes de atrapar al vuelo algún dato fundamental que le permitiera identificar a su interlocutor. Era Emily, una compañera de la universidad. Ahora trabajaba en la editorial. Siempre era un plus conocer a alguien, pensó de inmediato el productor. «He venido para conocer a la autora... —dijo al fin David—. Tal vez para un proyecto cinematográfico», añadió, casi cohibido. Emily se ofreció a hacer las presentaciones, pero no veía a Joanne en la sala. Seguramente habría salido a tomar el aire. La chica aprovechó para llenar el silencio antes de que se instalara: «Para tiradas tan modestas no acostumbramos a hacer lanzamiento. Hemos invitado a varios periodistas de medios juveniles y a bibliotecarias que van a organizar concursos sobre *Harry Potter*». Al cabo de varias frases en esta línea, por fin apareció Joanne. Emily y David se encaminaron hacia ella. Si hubiera sido una película, la escena habría merecido un efecto de cámara lenta. Pero en una novela... se antoja complicado... ralentizar... el ritmo... de una acción..., a menos... que se recurra a los... puntos suspensivos.

—¿Va todo bien? —preguntó preocupada Emily al ver la cara lívida de Joanne.

—Sí, sí. He salido un momento. Son muchas emociones.

—Es comprensible. Mira, te presento a David. Es un amigo que produce películas y quería hablar contigo.

—Ah... Buenas tardes.

—Buenas tardes. Me alegro mucho, pero mucho, de conocerla, sobre todo después de haber pasado varias horas con sus personajes. Su libro me ha deslumbrado.

—¿Le parece que nos sentemos? —respondió la autora, como si le resultara imposible encajar el cumplido en posición vertical.

Emily juzgó mejor dejarlos solos y desapareció. Ellos se acercaron a un banco en el que Joanne se sentó inmediatamente. David balbució que, si era mal momento, siempre podían hablar más tarde, pero ella insistió en que se quedara. Reconoció que se sentía un poco desbordada por toda la gente que había ido allí por ella. No estaba acostumbrada a la amabilidad organizada. ¿Cómo iba ella a imaginar que pronto el mundo entero se parecería a aquel cóctel?

Mientras David volvía a la novela, Joanne agachó la cabeza. Le parecía aún incongruente que se comentara su trabajo. Como si un desconocido le repitiera lo que ella acababa de confiarle a su terapeuta. Joanne escuchaba a aquel hombre relatar minuciosamente las peripecias de Hogwarts. Llevado por su entusiasmo, David se puso a hablar de la película que tenía ya en mente. Esta vez Joanne lo interrumpió.

—¿Una película? ¿De verdad?

—Sí, una película.

—Mire, me conmueve en el alma todo lo que me está diciendo —arrancó Joanne—. No se hace una idea. Pero se está pasando un poco.

—...

—Es amigo de Emily, quieren ustedes que pase una velada agradable... y, efectivamente, estoy pasando una velada agradable..., pero no me hable de una película. ¿Quién soy yo para imaginar algo así? El libro todavía no ha salido y es posible que solo suscite el desinterés general.

—Lo dudo mucho.

—¿Duda mucho el qué?

—Yo creo que va a ser un éxito y que esa historia está hecha para el cine.

—¡Qué me dice! —exclamó Joanne sin poder disimular la sorpresa.

—Lo que oye. Mientras la leía, se me venían muchas imágenes a la cabeza...

—Y... ¿cómo lo ve?

—Como una gran película de aventuras. He trabajado para Warner Bros., en Estados Unidos. Estoy convencido de que les va a encantar.

—Yo no quiero una película yanqui. *Harry Potter* es una historia inglesa. Así que, si algún día se hace una película, como sugiere usted, será una película inglesa. Con actores ingleses.

—Ya..., muy bien, lo entiendo —respondió David, asombrado por el giro que cobraba de pronto la conversación.

Dos segundos antes, Joanne estaba al borde del desmayo, y hete aquí que de buenas a primeras surgía una defensora lúcida de su propia obra. Cuando de *Harry Potter* se trataba, se percibía en ella el poderío de la certeza. De hecho, Joanne añadió:

—Por no hablar de que tendrán que ser varias películas, porque habrá siete libros. Los tengo todos escritos ya en mi cabeza...

13

Joanne despertó sobresaltada en mitad de la noche, preguntándose si esa descabellada conversación con un productor había tenido lugar. Ya no estaba segura. Sin embargo, todo había sido muy real. Habían departido durante más de una hora y se habían prometido volver a verse pronto, promesa que cumplieron con un almuerzo. La conversación se reanudó como si no hubiera sufrido interrupción. Para preparar este encuentro, David se leyó el libro por segunda vez. Siempre había tiempo de hablar de dinero y del casting para convencer a un autor de que cediera los derechos de una novela, pero lo más seguro seguía siendo aludir al texto. Manifestaba su deseo, y eso lo volvía a su vez deseable. Además, David recibiría enseguida una respuesta de los estudios Warner. Se mostraban dispuestos a comprometerse con él. Era una grandísima noticia, amén de la prueba de que iba por el buen camino. Tocaba, pues, obtener el beneplácito de Joanne, pero ella estaba todavía algo desorientada por todo lo que estaba pasando. Más allá de toda esperanza, y contra todo pronóstico, el libro estaba convirtiéndose en un auténtico fenómeno. La consecuencia, inevitable, no tardó en llegar: empezaron a mostrar interés por la novela otras productoras, y no precisamente de las pequeñas. David hizo presión para que Warner dejara constancia de su propuesta, no había tiempo que perder. Angustiado ante la idea de dejar escapar semejante proyecto, pasó varias noches muy revuelto. Hasta que por fin Joanne lo tranquilizó: no acudiría a ninguna otra cita. Él había sido el primero; él había sido el que había creído en la historia antes del éxito; por lo tanto, el elegido sería él. Sí, sería él. A partir de ese momento estaban unidos por aquella aventura que duraría una década. A David le costaba creerlo; suyos eran los derechos de una novela de la que todo el gremio soñaba con apropiarse. Tenía la sensación de haber comprado la *Gioconda* cuando no era más que un proyecto en la mente de Leonardo da Vinci.

14

Todo el mundo felicitó a David por tan rutilante triunfo. Los padres del joven productor estaban orgullosísimos de él.* Sin embargo, objetivamente hablando, todo estaba por hacer. Ahora se esperaba una gran película. Antes que nada, había que elegir a un director. Se habló de Steven Spielberg, que estaba interesado en el proyecto con la única condición de hacer la película con Haley Joel Osment, el joven actor que se dio a conocer con *El sexto sentido*. Pero Joanne no abandonaba su idea de que los intérpretes habían de ser británicos. Además, al igual que David, ella prefería a Terry Gilliam. El ex Monty Python había dirigido películas un poco locas, como *Brazil* o *Las aventuras del barón Münchausen*; lo imaginaban perfectamente creando el universo fantástico de la escuela de magia. Pero Warner lo descartó de inmediato; fama de escandaloso, demasiado ego, aquello podía acabar como el rosario de la aurora. Más adelante se le reprocharía incluso ser un realizador maldito, después de que acumulara incontables catástrofes en el rodaje de *El hombre que mató a Don Quijote*. Difícilmente podía pensarse en un candidato más opuesto, pero el estudio propuso a Chris Columbus, que acababa de empalmar sendos taquillazos con *Solo en casa* y *Señora Doubtfire*. J. K. Rowling esbozó una sonrisa al pensar en ese nombre que parecía salido de su universo y reconoció que era una posibilidad interesante. Se apostó por la opción más consensuada y tranquilizadora, la de un hombre que sabía hacer cine familiar. Los productores querían sobre todo asegurarse un presupuesto que corría el riesgo de rebasar los cien millones de dólares. Porque,

---

* Al cabo de poco les dirían muy a menudo: «¡Ah, ustedes son los padres de David Heyman!».

con el éxito del libro, ahora todo el mundo creía en el proyecto. La preparación de la película estuvo acompañada de una fiebre insólita.

Para interpretar a Harry, en un primer momento a David se le ocurrió Jamie Bell, que estaba a punto de saltar a la palestra con *Billy Elliot*. El productor, que había visto la película en una proyección privada, se había quedado asombrado con la interpretación del muchacho. Pero Bell tenía trece años, casi catorce. Era demasiado mayor; sobre todo porque todo el mundo andaba ya pensando en la saga que aún estaba por llegar. Salvo en caso de fracaso estrepitoso, los rodajes amenazaban con prolongarse varios años; realmente había que elegir a un niño de diez años para la primera entrega de la serie. La búsqueda de la rara perla se anunciaba complicada. Las directoras de casting, Janet Hirshenson y Susie Figgis, se pusieron manos a la obra e hicieron pruebas a decenas de jóvenes actores. Como se adivinaba que la búsqueda sería larga, esta arrancó a la vez que la del guionista, algo muy poco habitual. Normalmente, la caza de actores se inicia una vez escrito el guion. Joanne no quería encargarse de escribirlo. No solo no se sentía capaz, sino que, sobre todo, prefería concentrarse en los siguientes libros. Tras darle muchas vueltas, David pensó en Richard Curtis, famoso por haber escrito *Cuatro bodas y un funeral*. La opción podía parecer sorprendente, pero en opinión de David no era incoherente tratar *Harry Potter* como una comedia, incluso como una comedia romántica. Se puso en contacto con Curtis. Este le propuso que se pasara por el rodaje de la última película que había escrito, *Notting Hill*. Los guionistas casi nunca están presentes en los platós, pero este caso era especial; había muchos elementos personales en el guion (incluso la casa del rodaje, inspirada en la suya). De ahí su intención de echar una mano si hacía falta. Por otra parte, Curtis lamentaba no dirigir él mismo la película. Pronto pondría en escena sus propias historias, en particular con *Love Actually*.

15

Así pues, David se presentó en el 104 de Portobello Road, dirección de la casa que constituía el decorado principal. Allí saludó a Hugh Grant, al que conocía bien; sin embargo, de Julia Roberts, a quien le habría gustado conocer, no había ni rastro. Entre toma y toma se encerraba en su camerino. En el descanso del almuerzo, David y Richard se dirigieron a un pequeño restaurante indio, donde estarían más tranquilos que en el comedor. A modo de preámbulo, el productor le había enviado al guionista la novela de J. K. Rowling. Hablaron de esto y de lo otro, o sea, de Julia Roberts, hasta que Richard Curtis sacó por fin a colación el tema principal:

—Me sorprendió un poco que me enviaras la novela esa. No es para nada la clase de historia que me suelen proponer...

—Lo sé.

—Ahora bien, me he alegrado mucho de leerla. No se habla de otra cosa. Y no es de extrañar, porque está de puta madre.

—Pensé en ti precisamente por las razones que a ti te parecen incongruentes. Estoy convencido de que imprimirás verosimilitud a Harry. Para mí es un niño fascinado por lo que está a punto de descubrir. No es tan diferente de lo que tú escribes, esa magia de los sentimientos...

—Eres muy amable, pero, sinceramente, hay demasiada magia para mí.

—Por eso mismo opino que el guion tiene que ser sólido en las cuestiones realistas. El universo fantástico ya está ahí, hay que acentuar lo real. Todos los niños deben reconocerse en Harry Potter. Al principio, cuando lo maltratan..., tú sabrás describir esa frustración.

—Ya, bueno, lo acompaña un búho más inteligente que yo. No es mi terreno...

—Hablas de Hedwig, es una lechuza.

—¿Ves? Confundo lechuzas con búhos, con eso te lo digo todo... —zanjó Richard con una sonrisa.

La conversación se prolongó un rato más en tono ligero. Saltaba a la vista que Curtis no era el guionista que la situación requería. Además, la historia le parecía larga de narices. Había demasiados elementos, demasiados personajes secundarios, demasiados detalles a tener en cuenta para comprender el universo Hogwarts. Según él, habrían hecho falta ocho horas de película. En fin, más allá de su falta de interés, Curtis no se sentía capaz de asumir semejante encargo y rehusó educadamente. Por lo demás, tenía una excusa magnífica para no ofender a David y evitar poner en peligro posibles colaboraciones futuras:

—Acabo de comprometerme con una película que me llevará mucho tiempo. También una adaptación, por cierto.

—¿Cuál?

—*El diario de Bridget Jones.*

Podría habérmelo dicho de entrada en vez de acceder a quedar conmigo, pensó David. La situación resultaba casi desagradable. Richard, en cambio, consideraba que siempre había que escuchar las propuestas que le llegasen a uno; le parecía elegante. Había, pues, dos maneras de considerar la misma actitud: la versión delicada y la versión grosera.

*

Con un poco de perspectiva, David estimó que el encuentro no había sido inútil; le había permitido afinar su visión de la película. Curtis tenía razón; el componente fantástico era la esencia del proyecto. Como no se le ocurría ningún otro talento británico al que recurrir, empezó a pensar en guionistas estadounidenses. Principalmente en Steve Kloves. A Joanne no pareció hacerle gracia esta opción, antes incluso de saber algo más sobre él. De nuevo, su historia era una historia inglesa. Pero, para complacer a David, estuvo de acuerdo en conocerlo. Para sorpresa de todos, Kloves la convenció enseguida y el contrato se firmó en el acto. Esa misma noche, mientras tomaban una copa de champán para celebrar el acontecimiento, David se acercó a Joanne y le preguntó por qué había cambiado de opinión tan fácilmente. Ella escudriñó entonces a su productor, que indudablemente estaba en proceso de convertirse en amigo, y admitió: «Me ha dicho que su personaje preferido era Hermione».

*

David pagó la cuenta y acompañó a Richard de vuelta al plató. No había producido ninguna película desde su regreso a Londres, así que le apeteció quedarse por allí un rato para asistir a la escena siguiente. Echaba de menos la efervescencia de los rodajes; estaba hasta la coronilla de los días en la oficina y las reuniones en restaurantes. De pequeño, pasaba horas en los rodajes acompañando a sus padres; le encantaba. Cuando se acercaba a un decorado cinematográfico, se reencontraba con el recuerdo de los primeros deslumbramientos. E incluso con los tiempos de pura inocencia. Sumido por completo en esta burbuja de nostalgia divisó en la acera de enfrente a un niño sentado en una silla. Gafas redondas, pelo negro revuelto; digámoslo ya: fue como una aparición.

16

Cuando se piensa en el azar que puso a Martin en el camino de David Heyman, máxime con aquellas gafas sobre la nariz, uno está tentado de creer en la magia. Sin embargo, todo es verdad. Cada detalle. No será Martin quien cuente todo esto, sino Susie Figgis, la directora de casting, en un documental sobre las bambalinas del filme, emitido en 2011 en la BBC.

Por el momento, el productor se acercó al chico, presa de una intensa febrilidad, casi trastabillando. Una vez frente a él, buscó las palabras adecuadas hasta que decidió presentarse sin más.

—Hola, me llamo David, ¿y tú?

—Yo Martin.

—¿Qué haces aquí?

—Voy a hacer de extra dentro de un momento.

—¿Los figurantes no suelen estar todos en el mismo sitio? En general, los sacan del plató.

—No sé. Yo he venido con mi padre.

—¿Quién es tu padre?

—John Hill.

—¿Trabaja en la película?

—Sí, es utilero.

—Ah..., entiendo. ¿Y te gusta ser figurante?

—Pues no sé. Todavía no he hecho nada. Mi padre solo me ha dicho que dentro de un momento tendré que andar por la calle.

—Sí, va a estar bien, ya verás. Yo de pequeño también iba a rodajes con mis padres. ¿Sueles acompañar a tu padre?

—Prácticamente nunca. Lo que pasa es que Rose no me podía cuidar hoy.

—¿Quién es Rose?

—Mi canguro...

David intentaba mantener la calma, pero estaba obnubilado. Más allá del impresionante parecido físico con el personaje, el chico manifestaba mucho desparpajo. Otros niños, en un entorno extraño, interrogados por un adulto desconocido, habrían podido mostrarse incómodos. No era en absoluto el caso de Martin. Hablaron un poco más, de esto y de lo otro. Al productor no le apetecía ser demasiado directo, pero al final preguntó:

—¿Te gustaría hacer cine?

—No sé.

—Actuar en una película. Ser un personaje. No solo un figurante. ¿Crees que lo pasarías bien?

—...

En ese momento, John se acercó e interrumpió la conversación.

—Hola, soy el padre de Martin, ¿pasa algo?

—No, no, en absoluto. Me llamo David Heyman y soy productor. Solo estaba hablando un poco con Martin...

—Sí, eso ya lo veo —respondió John en tono seco; era obvio que le parecía sospechoso que un tipo abordase a su hijo por las buenas.

—Me gustaría mucho hablar con usted, si es posible —añadió David.

—¿Sobre qué?

—Le estaba preguntando a Martin si le interesaría hacer cine...

—¿A mi hijo?

—Sí.

Alguien llamó a John para lo que parecía ser una intervención urgente.

—Me tengo que ir. Enseguida rodamos...

—Sí, claro, lo entiendo. Le dejo mi tarjeta y, si le parece, hablamos tranquilamente esta noche. O cuando usted pueda...

John cogió la tarjeta de David, le dijo a su hijo que enseguida rodarían la escena en la que él tendría que andar por la calle y se fue corriendo. Martin nunca había visto a su padre tan estresado. Él, que era la indolencia personificada, estaba sometido a mucha presión en aquel rodaje. David y Martin hablaron un poco más, pero sin mencionar *Harry Potter*. Era mejor que esa conversación tuviera lugar en un contexto más tranquilo, sin prisas. Al final resultó que a David no le daba tiempo a esperar a la escena siguiente. Tenía que volver a la oficina. Le estrechó la mano a Martin pronunciando un «hasta pronto...» muy enfático. Por increíble que pueda parecer, al abandonar el plató se topó con Julia Roberts. Era la señal de que acababa de suceder algo milagroso.

17

John esperó a que su hijo se acostara para llamar a David Heyman. Este último respondió que estaba en la calle; los ruidos de la ciudad daban fe de que así era. Por aquel entonces, un teléfono móvil era todavía un chisme para ricos, un artificio reservado a quienes querían subrayar su importancia. John pensó fugazmente que le habría encantado inventar ese cacharro, antes de concentrarse en los comentarios del productor. Desde luego, no se trataba de un pervertido, como él había imaginado en un principio. A decir verdad, la intuición de John siempre había dejado mucho que desear. Cuando le preguntaban quién ganaría las siguientes elecciones, daba sistemáticamente el nombre del perdedor. Ese mismo día, por tanto, se había precipitado hacia ese hombre, interrumpiéndolo con sequedad y atribuyéndole por adelantado los vicios más espantosos, cuando lo que el tipo quería era simplemente hacerle una prueba a su hijo, una prueba para *Harry Potter*. Conque en eso consistía la propuesta... Había visto en su hijo un intérprete potencial para la película que iban a rodar; es más, según él, el parecido con el personaje principal era pasmoso. No obstante, John no tenía la menor idea de quién era Harry Potter. Desde que Jeanne se había marchado, ya no estaba al día de las noticias. El fenómeno le había pasado totalmente desapercibido. Antes, era su mujer la que sembraba la realidad en la familia. Ahora ya no había motivos para prestar atención a la actualidad. De vez en cuando incluso imaginaba que su mente se había quedado bloqueada en 1992 o 1993, atrapada en alguna parte entre dos días felices.

Tras colgar, entró en el cuarto de Martin para verlo dormir. Cuando era un bebé, iba a menudo a comprobar su respiración. Habían pasado los años, pero él no había renunciado a ese ritual nocturno. Para él, nada igualaba el espectáculo de su hijo acunado por los sueños. Era una contemplación que tenía el poder de ahuyentar la amargura. En aquellos instantes, lo real se brindaba con una sencillez esplendorosa, despojada de incertidumbres. A John le fascinaba la profundidad del sueño de los niños. Se les podía tocar el clarinete al oído (vale, raro era que pasara, salvo en familias de melómanos perversos), que ellos seguían inmersos en la cámara hermética de su noche. En el fondo, puede que ese sueño absoluto fuese la mayor fortaleza de la infancia. Nada malo nos puede pasar cuando dormimos así. ¿En qué momento de la vida perdemos esa capacidad? Alrededor de los catorce o quince años. Quizá la crisis de la adolescencia proceda de ahí, de esa fuga del descanso perfecto. John llevaba tanto tiempo sin dormir así... Ya nunca bordeaba esas profundidades nocturnas a las que no llega nada del día.

Y aquella noche no fue la excepción a la regla. John no pegó ojo dándole vueltas a las palabras del productor. Se lo veía muy seguro de su intuición. Era habitual que se cazaran así futuras estrellas, un poco por casualidad. Hacía poco, de hecho, había oído una historia parecida con respecto a Bruce Willis; su carrera arrancó después de que un director de casting le echara el ojo cuando Willis era camarero en Los Ángeles. En el laberinto de sus pensamientos nocturnos, John se imaginaba ya sentado en primera fila durante un preestreno. Sin embargo, él se conocía bien la cantinela. ¿Cuántas promesas incumplidas y esperanzas rotas se contaban en las historias relacionadas con el cine? Pero era posible conservar la lucidez y a la vez dejarse llevar un poco por la fantasía. Nada impedía adoptar rápidamente una certeza en el mundo de las hipótesis. De ahí que John siguiera dejándose arrastrar por la mejor versión del guion. Como es lógico, esta incluía el regreso de Jeanne a Londres. Volvería para estar cerca de su hijo, no cabía duda, y la pareja se ofrecería una segunda oportunidad. Con esa imagen se quedó dormido John, como si fuera posible soñar antes de soñar.

18

A la mañana siguiente, John le preparó el desayuno a su hijo, pero le pareció que todavía no había llegado el momento de hablar del asunto. A su juicio, lo que tenía que decirle no entraba en la categoría «conversación sentada». Esperó, pues, hasta el trayecto hacia el colegio para informarlo de su charla con el productor. «¡Pues claro que conozco *Harry Potter*! Lo están leyendo todos mis compañeros», respondió enseguida Martin. Dos frases lapidarias que acentuaron la sensación de desconexión de John. Cada día era más consciente de su capacidad para zigzaguear entre las modas. Explicó entonces la situación a su hijo. El hombre que se le había acercado en el rodaje opinaba que Martin se parecía mucho al personaje principal. Al niño la noticia le resultó increíble. Hasta ese momento no le había picado la curiosidad, pero de pronto se moría de ganas de zambullirse en la lectura de la novela. ¿Se parecía realmente a Harry? Nadie le había dicho nunca tal cosa.

*

Cuando llegaron a la verja del colegio, John fue al grano:

—¿Te haría ilusión hacer las pruebas?

—¿Eso qué es?

—Actuar delante de una cámara para que ellos vean si das el perfil.

—Pero yo no soy actor.

—A veces en las películas escogen a no profesionales. Si te explican bien la situación, lo harás muy bien, estoy seguro.

—No sé yo.

—Yo creo que por intentarlo no pierdes nada. Y seguramente podría ser divertido...

Mucho después, Martin se acordaría de esta conversación, y más concretamente de la última frase de su padre: «Seguramente podría ser divertido». Le provocaría escalofríos por la espalda. No es de extrañar, cuando sabemos la de trastornos que la aventura iba a provocar.

*

Durante la jornada escolar, Martin se deslizó hacia la mejor versión posible de la historia, como había hecho su padre la víspera. En clase de matemáticas, entre problema y problema, se veía ya como una estrella de cine, quizá incluso participando en el siguiente videoclip de Michael Jackson. Lo mirarían con los ojos echando chiribitas y Betty se arrepentiría de haberlo rechazado. Él, en su infinita misericordia, le perdonaría el error inicial y por fin podrían amarse. Ciertamente, Martin llevaba muy lejos las potenciales consecuencias del éxito. Y eso que John, con un pie aún en el suelo, le había insistido a su hijo en que no había nada seguro. Era solo una prueba, nada más. Es más: había añadido que decenas de niños pelearían con uñas y dientes para conseguir el papel. Pero eso no era obstáculo para que Martin soñara, al igual que cualquiera que juegue a la lotería piensa en lo que comprará con su futura fortuna mientras tacha los números.

19

Esa misma tarde, padre e hijo decidieron repasar juntos los primeros capítulos de la novela. John había ido a comprarla en el descanso del almuerzo; a la entrada de la librería, una pila de Rowlings daba la bienvenida a todo el que llegaba. El éxito llamaba al éxito, ya no era posible llegar a un libro cualquiera sin pasar por la casilla Potter. John, aficionado a la literatura rusa, nunca había explorado ni la sección juvenil ni la de fantasía; sin embargo, se dejó absorber por la historia. Le agradó especialmente el sentido del humor de la autora y sonreía ante cada alusión a los ridículos Dursley. John incluso acabó reconociéndose en el joven Harry y su vida inyectada de injusticias. A decir verdad, todo el mundo experimentaba esa complicidad con el héroe. Había un ingrediente universal en aquellas páginas. Harry Potter era nuestra parte rebelde, nuestro deseo de poseer poderes para erradicar a los indeseables, nuestro sueño de una vida mejor.

Para Martin, la identificación era más flagrante si cabe. En cada palabra acechaba la prueba de que aquel libro hablaba de él. Comprendía ahora la certeza del productor. Efectivamente, las descripciones de Harry, desde su pelo hasta su actitud general, brindaban un eco genuino de lo que él mismo desprendía. Estaba claro que bastaba con ponerle una varita en la mano para convertirlo en el joven mago. Pero el parecido no era excusa para no preparar el encuentro. Las pruebas se habían programado para el lunes siguiente, lo que dejaba poco tiempo. Sobre todo porque Martin pasaría el fin de semana en París. Le quedaban, pues, dos tardes para tratar de prever lo que iban a pedirle. John arrimó a las paredes todos los muebles del salón para facilitar los movimientos, pidió una pizza familiar y se improvisó en profesor de arte dramático:

—El comienzo de la novela desprende dos emociones principales. La primera es, por supuesto, la tristeza. Y me quedo corto, porque se podría hablar claramente de sufrimiento. El pobre Harry, que ya es huérfano, sufre los malos tratos de sus tíos y de su espantoso primo, Dulley.

—Dudley —rectificó Martin.

—Eso, Dudley, perdón. Total, que será esa emoción la que querrán ver en ti. Harry está encerrado en un mundo donde no puede hacer nada. En cuanto a la segunda, en mi opinión es el deslumbramiento. Vas a descubrir un mundo extraordinario, inimaginable. Está la escena de la serpiente en el zoo, pero la cosa arranca realmente con la llegada del gigante Hagrid...

—Es un semigigante, papá.

—Sí, eso. Muy bien, cariño, no se te ha escapado ni un detalle... ¿Por dónde iba?

—El deslumbramiento.

—Eso es, justo. El día de tu cumpleaños, averiguas que eres un mago muy famoso... ¿Te imaginas? Qué fuerte... Por eso, hoy vamos a explorar esos dos sentimientos: la tristeza y el deslumbramiento. ¿Por cuál prefieres empezar?

—Por la tristeza, tal vez...

—Muy bien. Entonces dime qué es lo que puede provocártela.

—Pues... pensar en vuestra separación, la de mamá y tú.

—Me parece que va a ser mejor que empecemos por el deslumbramiento.

Después de aquel momento incómodo, Martin se dejó guiar por las indicaciones de su padre: «Imagínate que estás en la estación buscando el andén nueve y tres cuartos. Así..., muy bien... ¡Te parece un sinsentido! Hasta que de pronto... ¡lo entiendes todo! Ves a otros niños cruzar el muro y tú también pruebas suerte. Sí, así... Piensa que echas a correr hacia un muro contra el que podrías estrellarte, pero ¡no! ¡Zas! ¡Lo atraviesas! Venga, cariño, lánzate...». Martin reprimió una carcajada ante el frenesí de su padre, que no paraba de hacer aspavientos con los brazos, pero le siguió el juego e hizo como si atravesara una pared invisible. «¡Ah, sí, así! ¡Bravo!», exclamó John entusiasmado. Parecían dos dementes intentando reproducir una superproducción en un salón de veinte metros cuadrados. En el fondo, era de lo más gratificante. Hacía mucho tiempo que no lo pasaban tan bien, hasta el punto de olvidar cuál era la finalidad. John estaba descubriendo una faceta nueva de su hijo: Martin era ingenioso y estaba dotado de cierto sentido del humor. Era difícil saber si se encontraba ante el nacimiento de una vocación, pero saltaba a la vista que algo estaba sucediendo. Al interpretar un papel, sucede que a veces uno se encuentra a sí mismo. Martin, niño carente de una verdadera pasión, soñaba ahora con matricularse en un taller de teatro. Naturalmente, el entusiasmo que había leído en la mirada de un productor era determinante. Uno siempre prefiere dirigirse allá donde alguien nos desea. Lo escogieran o no, esta aventura brindaría como mínimo a Martin una revelación: le chiflaba actuar.

20

El viernes por la tarde, el dúo se separó en la estación de Waterloo, que hasta 2007 era de donde salía el Eurostar. Martin, acostumbrado ya a viajar solo, consideraba aquellos trayectos como un anticipo de la vida adulta. Se le agolpaban los sentimientos. Al abrir el papel de aluminio para comerse el bocadillo que le había preparado su padre, pensó en él. Le partía el alma dejarlo solo; siempre se sentía un poco culpable por ir a ver a su madre. Lo que no era obstáculo para alegrarse por ella. Martin la veía más alegre desde que había vuelto a vivir en Francia; sus sonrisas afloraban a la superficie. Así pues, Martin efectuaba viajes de ida y vuelta entre las emociones de sus padres, de la amargura a la esperanza, sin saber muy bien dónde situarse. Una confusión emocional acentuada por la conciencia de hallarse en un tren que circulaba por debajo del mar.

Cuando se reunió con él aquel viernes, Jeanne estrechó con fuerza a su hijo; con una fuerza excesiva, incluso, como si el cuerpo debiera necesariamente resarcirse por los días sin verse. Tras el abrazo, dio un paso atrás: «¡Qué raro se me hace verte con gafas, cariño!». Añadió que le daban un aire a John Lennon. No cabía duda: tenía más pinta de inglesito que de francesito; el partido de los orígenes había concluido con victoria para el padre. Martin tuvo ganas de preguntarle: «¿Y no crees que me parezco más a Harry Potter?», pero decidió esperar todavía un poco antes de sacar el tema. Ya había aguantado varios días; no había querido contarle tan extraordinaria aventura por teléfono por miedo a perderse las reacciones en el semblante de su madre. Tenían que andar unos diez minutos para llegar a la casa. Jeanne había alquilado un piso en un edificio de los años setenta sin mucho encanto, pero que contaba con la ventaja de estar ubicado cerca de la estación, lo que facilitaba la logística y reducía los tiempos de desplazamiento. Para limitar aún más el trauma del cambio, Jeanne se las había ingeniado para que la decoración del dormitorio parisino de Martin fuese idéntica a la del cuarto inglés. Todo era igual, desde el papel pintado hasta la funda del edredón. Consciente de que la intención era buena, Martin no había querido disgustar a su madre diciéndole que aquello le parecía raro de narices. Le daba la sensación de hacer un largo viaje para llegar exactamente al mismo sitio.

Cuando hubo dejado el bolso, Martin anunció con un halo enigmático: «Tengo que contarte una cosa...». Su madre se alarmó, solo podía tratarse de una mala noticia. A la vez que la tranquilizaba, Martin alargó el placer del anuncio. Tras oír toda la historia, Jeanne estaba estupefacta y a la vez nada extrañada: su hijo era maravilloso por naturaleza y poseía un carisma excepcional. A modo de conclusión, añadió: «¡Estoy convencida de que te escogerán a ti!». Martin tuvo que atemperar el entusiasmo de su madre, explicándole que se trataba del casting más importante de Inglaterra en aquel momento.

—¿En serio? ¿El casting más gordo?... ¿Cómo se titula la peli?

—*Harry Potter*.

—¿Harry qué?

—Potter.

—Ni idea...

El fenómeno aún no había cruzado el canal de la Mancha. El lunes por la mañana, Jeanne preguntó en la sección de cultura de su diario y descubrió que la publicación del libro en Francia era inminente; saldría en el sello Folio Junior de la editorial Gallimard. Impresionada por el éxito clamoroso que la novela había tenido en Inglaterra, propuso escribir un artículo sobre la desempleada reconvertida en gran estrella en cuestión de pocas semanas. Así fue como la madre de Martin Hill fue la primera en hablar de J. K. Rowling en Francia.

Más allá de la promesa de una increíble aventura, Jeanne se había alegrado sobre todo al constatar el entusiasmo de su hijo. A menudo se preocupaba por él, se mortificaba con la idea de haberlo abandonado en Londres. Por eso ella también se permitió desviarse hacia los sueños. Con tal de ver feliz a su niño, estaba dispuesta a tomar todos los atajos con la realidad. Por otra parte, podía pensarse que una especie de magia se adueñaba ahora de sus vidas, pues al día siguiente se produjo un acontecimiento casi celestial. Mientras paseaban bordeando el Sena, se toparon con la librería Shakespeare and Company, donde un ejemplar de la edición inglesa de *Harry Potter* presidía el centro del escaparate. Entraron a comprar la novela. Cuando fueron a pagar, el dependiente suspiró:

—Me acuerdo perfectamente de ella.

—¿De quién, de la autora? —quiso saber Jeanne.

—Sí. La reconocí nada más ver la foto en la ficha de presentación que venía con el pedido. Estudiaba en la Sorbona y se pasaba por aquí casi todos los días.

—¡Increíble! —exclamó entonces Martin—. ¿Y cómo era?

—Bastante enigmática. Podía tirarse una hora examinando solamente las cubiertas de los libros, como si le fascinara más el objeto que el contenido. Varias veces hice amago de darle conversación, pero era extremadamente tímida.

—...

—¿Se lo llevan? —preguntó finalmente el vendedor, reincorporándose de pronto a la vida pragmática.

A la luz de lo que acababa de averiguar, Martin observó el lugar como si de buenas a primeras se hubiera vuelto mágico. J. K. Rowling había estado allí y las paredes, que tienen memoria, debían de verla aún. El día antes, en el Eurostar que lo llevaba a París, se había terminado la novela presa de una especie de éxtasis. Jamás había leído un libro a tal velocidad. Naturalmente, el contexto del casting le había dado una razón extra para devorar la historia, pero no era solo eso. Había experimentado una complicidad brutal con los personajes, como si fuera posible trabar amistad con personas ficticias. Martin se unía así a las hordas de grupis, cada vez más significativas. De ahí que, efectivamente, le soliviantara saber que se hallaba tras la pista de J. K. Rowling, que estaba siguiendo sus pasos. Ahora soñaba con conocerla.

21

Jeanne no entendía qué interés podía tener recoger a su hijo los fines de semana para dejarlo con una niñera, así que se lo llevaba a todas partes. Aquel sábado había planeado ir a cenar a casa de unos amigos. Se había apresurado a añadir: «Ya verás, te lo pasarás muy bien, habrá muchos más niños». Una información del todo falsa, pues solo había presente un chiquillo de seis años. Nada más llegar, Martin comprendió que tendría que ocuparse del crío, máxime cuando este último, como es natural, estaba fascinado por la presencia de un mayor. Cenaron los dos juntos, a resguardo de los adultos, en una habitación, delante de unos dibujitos animados. Jeanne se pasaba cada dos por tres a ver a su hijo y preguntarle si iba todo bien. Él respondía que sí por educación, para no aguarle la velada. Llevaba un vestido muy bonito y se había maquillado; la nueva era se encarnaba también físicamente. A Martin hasta le costó reconocer a su madre cuando esta salió del cuarto de baño tan acicalada y poco le faltó para preguntarle si iban a una fiesta de disfraces.

Al llegar, Martin saludó a todo el mundo con esa cortesía que a veces hace que los niños recuerden a monos sabios instruidos para brillar en sociedad. Había dos parejas y un hombre solo de unos cuarenta años. Este último se mostró particularmente considerado con él. O más bien lo intentó. Se le percibía un carácter poco cómodo con cualquier espécimen humano de menos de veinte años. Era la clase de adulto que se dirige a los niños como si fuesen retrasados, separando mucho las sílabas: «¡Ho-la, Mar-tin! Yo me llamo Marc, en-can-ta-do de co-no-cer-te!». Parecía la versión morse de una frase.» A Jeanne, que estaba junto a su hijo, también se la veía estresada. Sin solución de continuidad, como un pelo en la sopa de la conversación, Marc anunció de buenas a primeras que le chiflaba el Arsenal. Pero tras hilar dos frases sobre el tema quedó claro que no tenía mucha idea de fútbol y que simplemente había intentado comprar la confianza de un niño mediante la alusión a un supuesto punto en común.

Al cabo de poco, Martin estaría en condiciones de descifrar aquel momento tan raro. En él había que ver la actitud de un hombre que aspira a caer bien a un niño para conquistar a una mujer. En el fondo, eso lo volvía más bien simpático. Marc habría actuado del mismo modo si Jeanne hubiera tenido un perro: le habría dado unas palmaditas en el lomo y habría lanzado un extasiado «¡Ay, qué perrito más bueno, pero qué bueno es!». A la hora de despedirse, le estrechó la mano a Martin, como para poner de manifiesto una especie de relación de hombre a hombre, y a Jeanne le dio un beso en la mejilla a la vez que le acariciaba la espalda. Una caricia un poco insistente, como si rehusara el código de la sensualidad discreta.

En el taxi que los llevaba de vuelta al piso, Jeanne preguntó:
—¿Te ha caído bien Marc?
—Sí, no está mal.

—Él me ha dicho que eres adorable. Y tiene una casa grande en el campo. A lo mejor podríamos ir cuando haga bueno, ¿no?

—Sí, si quieres...

Ya en la cama, Martin rememoró la mano de aquel hombre en la espalda de su madre. Naturalmente, Jeanne era libre de vivir una nueva historia de amor; él lo sabía muy bien, pero se mortificaba por su padre. Secretamente, y su hijo lo notaba, John esperaba que las cosas pudieran arreglarse, que la separación fuera temporal; se mentía, igual que se había inventado su vida desde siempre. Seguramente era el terreno donde mejor desarrollaba su arte para la invención. Puede que Martin fuera un poco igual, tenía un don para estar en otra parte, para soñar su vida en vez de vivirla. Con razón lo habían asociado con Harry Potter; había heredado una forma de incompatibilidad con lo real, de desenvoltura en el mundo imaginario. Pero lo concreto siempre le daba alcance y Martin se echó a llorar sin hacer ruido. Por su padre. La imagen del hombre que tocaba la espalda de su madre seguía reproduciéndose ante sus ojos. Un gesto de nada, pero a través de aquel gesto tan sencillo Martin había comprendido que el pasado quedaba ya definitivamente atrás.

22

El lunes siguiente, John fue a buscar a su hijo a la salida del colegio. Habían quedado con la directora de casting a las cinco. Antes de hablar de este encuentro, conviene comentar un último detalle cuando menos extraño. Dos semanas antes, el nuevo director del centro escolar, un hombre al que claramente se podría calificar de conservador, había decidido que todo el alumnado llevaría uniforme a partir de ese momento. Sin embargo, aquel colegio público siempre había reivindicado una forma de libertad indumentaria con el fin de aligerar el peso de las tradiciones inglesas, tan presentes en cualquier otra parte. Ante la indignación suscitada por la medida, el hombre había cedido terreno y simplemente había exigido que se llevara chaqueta. De modo que ahora Martin se ponía cada mañana un blazer azul marino provisto de un escudo con los colores del centro. Con aquel atuendo, el pelo y las gafas, Martin parecía recién salido de Hogwarts. Diríase que el azar lo acercaba cada vez más al papel. Por lo demás, cuando llegó a las oficinas de la productora, Susie Figgis le dio la bienvenida con un «¡Te has puesto chaqueta, mira qué buena idea!». Siempre resulta inquietante actuar a la perfección de forma involuntaria.

Era una mujer jovial y cariñosa; resultaba evidente que amaba locamente su oficio, que la obligaba a encadenar obras de aficionados por todo el extrarradio londinense con la esperanza de identificar un tesoro para la siguiente peli de Kenneth Branagh o Alan Parker. La fantasía incesante del descubrimiento constituía el meollo de su trabajo, ser la que detecta antes que nadie la genialidad en un desconocido. Con el casting de *Harry Potter* estaba bien servida. Era, con diferencia, la misión más estimulante que le había tocado vivir. La otra cara de la moneda era la enorme presión que sufría por parte de la Warner. Todos tenían la impresión de que, por grandiosa que fuera, por más decorados impresionantes y efectos especiales pasmosos que hubiera, la película sería un caparazón hueco sin el Harry adecuado. Había que dar con el corazón del reactor. Por otro lado, los demás papeles estaban ya muy encarrilados. A esas alturas, Hermione estaba prácticamente cerrada y Ron no tardaría. Seguía faltando Harry, de nuevo Harry. Susie había hecho audiciones a un montón de aspirantes, al igual que Janet, la otra directora de casting. Siempre había alguna pega. O el actor no daba la talla o estaba demasiado lejos del personaje. O era demasiado mayor o demasiado joven. Candidatos potenciales había, sí, pero ninguna pista seria. Y no iban a invertir cien millones de dólares en un quizá.

De camino a la cita, John puso a su hijo sobre aviso: «La gente que tiene poder abusa de él, ¿sabes? Tú no te dejes desestabilizar. Lo importante es lo que hay en ti...». Cuesta imaginar un discurso tan poco en consonancia con la realidad. Susie hizo gala inmediatamente de una gran amabilidad, tratando de que Martin se sintiera cómodo. Como David Heyman, había percibido algo del orden de la certeza ante aquel nuevo aspirante. No se atrevía a creérselo, pero tal vez Harry acabara de cruzar el umbral de su despacho. Antes de empezar, le pidió a su ayudante, Edward, que grabase la audición. Cuando el hombre entró en la habitación, Susie ni siquiera se volvió para mirarlo. Imposible apartar la mirada de Martin. Rezaba por que las pruebas fueran concluyentes. Pero también sabía que con un buen *coach*, y multiplicando las tomas durante el rodaje, se podía transformar a cualquiera en actor. Desde luego, no dejaba de ser más fácil obtener el resultado con alguien que tuviera madera, pero todo era posible. Solo la encarnación física constituía ya una parte importante del trabajo. Fue de hecho esto lo que mencionó Susie en primer lugar:

—Efectivamente, te pareces mucho a lo que buscamos.

—...

—¿Tienes experiencia como actor?

—No..., nada.

—Bueno, estuvimos ensayando un poco la semana pasada... —intervino John, lo que le valió una mirada glacial de Susie; estaba acostumbrada a la presencia invasiva de los padres durante los castings a menores de edad.

—¿Qué hiciste?

—Ejercicios...

—Estoy hablando con Martin —lo interrumpió la directora, visiblemente molesta por la segunda intromisión.

John pidió perdón. Se sintió ridículo por haber respondido de nuevo en nombre de su hijo y por arriesgarse a echar por tierra el momento. ¿Cómo iban a imaginar a Martin como protagonista de semejante película si su padre hablaba en su lugar? Pero es que se angustiaba por él. Desde el miércoles anterior, había quitado hierro a lo que estaba en juego, asegurando que «sería divertido hacer las pruebas», pero aquel asunto lo tenía mucho más intranquilo de lo que estaba dispuesto a reconocer. Sin embargo, no tenía por qué. Todo iba muy bien. Ahora que se había callado, su hijo se las arreglaba a la perfección. Susie le hizo varias preguntas sobre su vida y sus ocupaciones y luego pasaron a los temas serios. John se alegró de haber acertado cuando puso a su hijo a ensayar; la directora de casting le pidió a Martin que interpretara una de las escenas en las que Harry es maltratado.

—En la novela, el chico es el blanco de las burlas de toda la familia. Peor todavía: el pasatiempo preferido de su aborrecible primo y de sus amigos es «cazar a Harry». ¿Has leído el libro? —quiso saber Susie.

—Sí.

—Estupendo. De todos modos, tranquilo, ¡no vamos a cazar a Martin! Lo que vamos a hacer es que Edward te va a decir unas cosas..., esto..., un poco desagradables y tú tienes que reaccionar como te salga. Con frases o con gestos. ¿Te parece?

—Sí, vale.

El ayudante cogió entonces un folio y se levantó para declamar una sarta de insultos. Martin reprimió una carcajada, mal empezábamos, pero consiguió concentrarse. Para meterse en la piel de Harry no debía reaccionar con agresividad. En la novela, quedaba claro hasta qué punto el héroe tenía una forma más bien mansa de dejar correr el odio. De hecho, era su gran fortaleza: nadie ejercía influencia sobre él. Por eso, Martin esquivó los ataques, respondiendo con evasivas, incluso con sentido del humor. Susie parecía gratamente sorprendida. Intervenía a veces para puntualizar una intención o dar alguna indicación precisa. Martin se liberaba cada vez más del desafío y era evidente que disfrutaba de que lo dirigieran de ese modo. La directora de casting le pidió entonces que improvisara una especie de discurso de rebelión: «Aunque no tenga nada que ver con la historia, tú háblame de lo que te molesta. ¡Cuéntame qué cosas te enfadan!». Aquello fue más complicado. Pocas cosas lo sublevaban; tampoco era plan de ponerse a hablar de la reciente derrota del Arsenal, ¿no? Sin embargo, pensando en el fútbol se acordó del quidditch, el deporte que practican los jóvenes magos, y optó por enfadarse cambiando sencillamente los elementos del lenguaje, enfurecido con el árbitro que se escondía detrás de una nube o con el uso de una escoba voladora defectuosa. Al término del monólogo, sin duda un poco azaroso, recibió felicitaciones. Había demostrado mucha inventiva, una cualidad y una baza fundamentales para un actor.

John constataba con satisfacción que Edward y Susie se lanzaban continuamente miradas cómplices. Le habría encantado compartir aquel momento con Jeanne. Pero había que mantener la concentración, pues Susie prosiguió:

—Lo que viene ahora es dificilillo; si no te sale, no pasa nada.

—Vale.

—Vas a intentar llorar. En general, los actores piensan en elementos tristes de su vida, pero no hay un método infalible. A veces es simplemente un proceso mecánico, como si pudiéramos abrir un grifo en los ojos...

Al oír aquella comparación, Martin sonrió, lo cual no era la mejor manera de acceder a la concentración que requería la búsqueda de lágrimas en lo más hondo de uno. Lanzó una mirada fugaz hacia su padre en busca de apoyo. Y se quedó pensativo. ¿Por qué recuerdo podía dejarse llevar? Era una situación de lo más extraña. Tres personas lo observaban, esperaban que llorase. Y exactamente eso fue lo que hizo. Al cabo de un minuto se obró el milagro líquido.

Susie se acercó para darle una especie de palmadita amistosa en la espalda. Procuraba disimular la agitación que se adueñaba de ella. Era importante no dar falsas esperanzas, sobre todo a un joven actor. Aunque ella estaba entusiasmadísima, la decisión no estaba en su mano. ¿Y si Chris Columbus y J. K. Rowling tenían otra percepción de lo que acababa de suceder cuando visionaran las pruebas? Pero no, no lo creía. El chaval era extraordinario, solo podía cosechar unanimidad. Susie trabajó un poco más con él sobre temas más ligeros. Martin interpretó el deslumbramiento y la llegada a la escuela de magia. Improvisó de nuevo a partir de elementos recogidos en el libro, añadiendo aquí y allá algunas referencias, y hasta se embarcó en una especie de conversación con Hedwig, la lechuza de Harry Potter. Ofreció una actuación notablemente elaborada; sus ganas y su capacidad de trabajo eran indiscutibles.

Eran casi las siete cuando la sesión tocó a su fin. En el rellano, se despidieron intercambiando amplias sonrisas y un «hablamos muy pronto». Nada más salir a la calle, John felicitó a su hijo:

—Has llorado, ¿te lo puedes creer? ¡Has llorado! Es maravilloso...

—¡Sí, estoy muy contento!

—Y dos horas, ¿te lo puedes creer? Dos horas hemos estado. Es muy buena señal. ¿Tú crees que esa mujer habría perdido dos horas de su vida con un inútil?

—...

—Dos horas, ¿te lo puedes creer?

Martin se alegraba del entusiasmo relojero de su padre, pero sobre todo sentía que la cosa había ido bien. Estaba aliviado. Como estaban demasiado emocionados para volver directos a casa, decidieron ir a cenar unas hamburguesas con queso a su restaurante de comida rápida favorito, repasando al detalle la sesión de casting durante toda la comida. Una vez en casa, John se abalanzó sobre el teléfono: «¡Ven, tenemos que contarle todo a mamá!». Por fin una oportunidad de mantener una conversación con tintes positivos. Pero nadie descolgó. Probaron otra vez al cabo de media hora y de nuevo el teléfono sonó en el vacío. John disimuló su turbación, pero constatar que Jeanne estaba por ahí a esas horas chafaba claramente una parte de la dicha que experimentaba. La imaginaba cenando en un restaurante con un hombre. A decir verdad, Jeanne se moría de impaciencia por recibir noticias, pero un interminable consejo de redacción la tenía retenida en el periódico. A la mañana siguiente, a primerísima hora, llamaría a su hijo para que se lo contara todo.

23

Por su parte, Susie llamó a David en cuanto el niño y su padre salieron de su despacho. Este llegó en el acto para visionar las pruebas; frente a la pantalla no manifestó nada. Al final, se giró muy despacio hacia su directora de casting y la miró a los ojos, con una mirada que significaba «Pues ya está, ¡ya tenemos al puto Harry!».

24

Por una vez, a Martin le costó una barbaridad conciliar el sueño. Aunque se había metido en la aventura con despreocupación, ahora ya no lograba dominar la excitación. Pensaba todo el rato en la vida increíble que le abría los brazos. Lo que le estaba pasando era una locura. Intentaba entrar en razón, recordarse que no había nada seguro; en vano. Su mente repasaba a zancada limpia todas las posibilidades y destruía paulatinamente las barreras entre la realidad y el sueño. Él había vislumbrado aquella vida de estrella de cine en el rodaje de *Notting Hill*. Había observado el aura que rodea a los actores, esa efervescencia a su paso y la gente que contiene la respiración. ¿Quién no habría fantaseado ante la idea de ser amado de esa forma? Porque era eso lo que se le ofrecía. Por asociación de ideas, se imaginaba ya en los palcos VIP de los partidos del Arsenal, tal vez hasta se haría amigo de los jugadores. Viajaría por todo el mundo, en *jet* privado seguramente, y podría comprarse un pisazo donde daría grandes fiestas. Así fue discurriendo largo y tendido sobre la mejor versión de su porvenir. Estaba deseando contárselo todo a sus amigos, proclamar a los cuatro vientos lo que estaba viviendo. Pero su padre le había aconsejado que de momento se estuviera calladito. Corría el riesgo de que los interrogatorios lo parasitaran y acabaría sometido a demasiada presión. Más valía ser discreto y anunciar la buena nueva, con grandes alharacas, cuando estuviera todo firmado. Sin embargo, costaba mucho mantener la cabeza fría; la aventura se antojaba ahora tan real... Una vida milagrosa lo aguardaba.

25

Definitivamente, el azar es traicionero. Antes de toparse con Martin, David Heyman le había echado el ojo a otro actor. Había localizado a un tal Daniel Radcliffe en un telefilm de la BBC sobre David Copperfield. De hecho, ya conocía al padre del chico, que era agente literario. A pesar de este vínculo, las cosas no eran tan sencillas. Se hablaba ya de rodar siete películas, seguramente en Los Ángeles. Después de darle muchas vueltas, los padres del joven Daniel decidieron que su hijo no haría las pruebas para *Harry Potter*. Aquello implicaba un trastorno demasiado grande, amén de la desescolarización. El productor insistió, pero no hubo manera: la respuesta era no.

Sin embargo, el destino tenía otros planes y optó por reunir de nuevo a todos los protagonistas de esta historia. Durante una función de *Stones in His Pockets*, David Heyman vio a Daniel con sus padres a unas cuantas butacas de distancia. Aquello tenía que ser por fuerza una señal. Y eso que la obra relataba la historia de una pequeña localidad invadida por el rodaje de una película hollywoodiense que aboca al suicidio a un figurante rechazado por la actriz principal. Vamos, que aquel drama sobre el poder destructor del cine no parecía establecer el contexto ideal. Pero a David le traía sin cuidado el tema; se había pasado toda la representación con la cabeza vuelta hacia su presa.

Se vieron a la salida. Tras un intercambio de fórmulas de cortesía, salió de nuevo a colación *Harry Potter*. David no se anduvo con rodeos:

—Vuelvo a insistir... Nos encantaría, de verdad, que Daniel hiciera las pruebas...

—Lo sabemos —respondió la madre—, pero no queremos que Dan falte a la escuela tanto tiempo...

Sus padres aceptaban que su hijo participara en películas, y tal vez Daniel querría ser actor más adelante, pero de momento su educación era lo primero. David argumentó: una simple cita no los comprometía a nada, solo podía ser una buena experiencia para el futuro de su carrera. Además, ahora la situación era distinta: había muchas posibilidades de que el rodaje fuese en Londres. El padre de Daniel Radcliffe afirmaría más adelante que todo dependió de aquel segundo encuentro casual. Al volver a ver al productor, se dijo: «A lo mejor es que el destino quiere decirnos algo». Y accedieron a que Daniel hiciera las pruebas.

Charlaron un rato más delante del teatro. David lanzaba miradas fugaces al chico. Al final, le preguntó:

—¿Y el libro lo has leído?

—Sí.

—¿Te ha gustado?

—Claro.

—¿Qué es lo que más te ha gustado de la historia?

—Que los padres del protagonista estén muertos. Tiene que molar mucho ser huérfano... —dijo, dedicando una sonrisa a sus padres.

26

Según la opinión general, la audición fue tirando a mediocre. Contrariamente a lo que el ramalazo de humor en la puerta del teatro había presagiado, Daniel era un niño reservado. Desde luego, eso no era necesariamente un inconveniente para encarnar a Harry Potter, pero su actitud rayaba a veces en la introversión. Él mismo reconocería más adelante en cantidad de entrevistas hasta qué punto la pifió en aquella primera prueba. De vuelta a su casa, casi se lo sacó de la cabeza; se había terminado.

De ahí su sorpresa cuando lo llamaron para una segunda sesión. Naturalmente, Martin Hill había suscitado mucho entusiasmo, pero siempre era preferible contar con varias opciones. De manera instintiva, Daniel pensó que esta vez sí que había algo en juego. No se equivocaba; era buena señal que quisieran volver a verlo después de su lamentable exhibición. Para todo el equipo, daba tan bien el personaje que era absurdo no brindarle una nueva oportunidad. En esta ocasión, iba con muchas más ganas de que lo escogieran. Se preparó la audición con su madre. Como ella era directora de casting, Daniel sacó provecho de su gran experiencia. A diferencia de las pruebas de Martin, las imágenes de ese segundo pase ante la cámara son fáciles de encontrar. Sin saberlo, ese niño que sonríe con timidez está rozando la fama con la punta de los dedos. Con el disfraz de aprendiz de mago, las gafas redondas y la varita en la mano, se disipó cualquier atisbo de duda: Daniel Radcliffe era un candidato muy serio para el papel.

Arrancó entonces la parte más compleja de la aventura. Los padres de Daniel se enteraron de que ya solo había dos actores en liza. Su hijo competía con un tal Martin Hill. Como no les sonaba de nada, recabaron algo de información. Era el hijo de un utilero y lo habían descubierto por azar en un plató de rodaje; no era actor ni por asomo. Un perfil atípico que debía de tener un talento tremendo para haber llegado tan lejos. El matrimonio Radcliffe, reticente en un primer momento, también se había dejado atrapar por el juego a raíz de la segunda prueba. Ahora consideraban que obtener aquel papel sería una oportunidad extraordinaria para su hijo. Daniel, por su parte, ya empezaba a soñar; todos sus amigos habían leído la novela y se imaginaba la cara que pondrían si les anunciaba que él sería Harry Potter. Sería sencillamente increíble.

Los dos finalistas fueron convocados para una nueva audición, esta vez con un texto aprendido de antemano y en presencia de Chris Columbus. El director, que había trabajado con Macaulay Culkin, sabía dirigir a un niño y estimularlo para que diera lo mejor de sí mismo. Quedó conquistado por las dos actuaciones, sopesó pros y contras y concluyó que la elección sería muy complicada. Era mejor pasar de inmediato a la siguiente fase: la audición con los compañeros. Cuando observaran la química del trío, podrían tomar una decisión. Emma Watson había conseguido el papel de Hermione. Había sido sencillísimo; la niña despuntó de inmediato entre las demás. Durante su audición, hizo gala tanto de concentración como de picardía. Se notaba, además, que deseaba con toda su alma que la eligieran. Su energía arrasó con todo. Durante la primera rueda de prensa, en la que los actores serían presentados al mundo, antes incluso de que arrancara el rodaje, no cabría la menor duda: Emma Watson lo tenía todo para ser una futura estrella. En el caso de Ron, el proceso había sido un poco más largo. En un primer momento, Rupert Grint se presentó al casting para el papel de Harry, antes de que lo redirigieran al del amigo dulce e incondicional.

Así fue como Daniel Radcliffe primero y Martin Hill después se vieron las caras con Rupert Grint y Emma Watson. Nada menos obvio: de entrada, había que dar a entender que dos desconocidos eran tus mejores amigos. En este juego, Daniel fue el mejor. Como ya había actuado en una película, contaba con la experiencia necesaria para interactuar con otros *partenaires*. Se rio de las bromas de Ron y se dejó guiar por la energía de Hermione. El trío funcionaba, era innegable. Eso sí, durante el resto de la audición se quedó un poco en segundo plano, como si le diera miedo robarles protagonismo a los demás. A decir verdad, era sencillamente su manera de ser, y a fin de cuentas esta casaba bastante bien con la actitud de un Harry Potter angustiado por el descubrimiento de un mundo desconocido.

Llegó el turno de Martin. A él las cosas le salieron un pelín menos bien. Se sintió inmediatamente aplastado por el peso del desafío. Era un acontecimiento demasiado importante para vivirlo con desparpajo. Cuando llegó la hora de actuar, empezaron a temblarle las piernas. ¿Por qué no había sentido aquello la vez anterior? Hoy que la victoria se le antojaba accesible, todo era distinto. Nada que ver con el primer día, cuando no había nada que perder. Ahora había todo que perder. Se le nubló un poco la vista, incluso. Sentía todas las miradas puestas en él, aguardando las palabras que se disponía a pronunciar. Los otros dos actores trataban de animarlo. Aunque flotaban ya en la relajación de haber sido seleccionados, aún acusaban la resaca de los recientes nervios. Al final, el director se acercó para reconfortar a Martin. No pasa nada, les ocurre a todos los actores, hasta a los más veteranos, ¿quieres que paremos un momento? ¿Te apetece beber algo? Martin trató de sonreír, pero la mandíbula no le respondía. Estaba abochornado, él que ya se había visto haciendo de Harry. Más aún: se sentía Harry. La noche anterior había vuelto a leer pasajes del libro, considerándose más cerca que nunca del personaje. Además, había que sumar un último elemento: antes de entrar a la prueba, le habían enseñado varias maquetas de los decorados. Hogwarts, con su Gran Comedor, había cobrado vida ante sus propios ojos. Esto, sin duda, alimentaba su estrés; había mirado el sueño a los ojos.

Qué fácil es abandonar. Solo hay que dejarse llevar; abreviar el trance con más o menos dignidad. No fue el caso de Martin. Dio marcha atrás en sus emociones y halló recursos nuevos. La sesión volvió a arrancar y la cosa salió mucho mejor. Martin no se perdonaba haber dado tan mala impresión, pero su capacidad para superar el miedo era digna de aplauso. Por lo demás, Columbus parecía sorprendido ante aquel giro de ciento ochenta grados, algo que tal vez jugase en favor de Martin. Triunfar en algo después de un fracaso inicial ofrece un extra de vistosidad. Los tres niños debían interpretar una escena en la que Hermione relata lo que ha descubierto acerca de un tal Nicolás Flamel. Ron y Harry tenían que hacerle preguntas y comentar sus declaraciones. Durante muchos minutos, abandonaron la realidad, absorbidos por el universo de J. K. Rowling. Todo parecía anodino y lúdico, cuando en realidad lo que estaban viviendo podía cambiarles la vida. Un juego de niños con consecuencias de adultos.

27

Al término de la sesión, Martin se sentía en plena forma, enardecido por el encantamiento. Quería seguir actuando. Soñaba con otras escenas, con aventuras y peripecias. En cualquier caso, podía estar satisfecho; tras un arranque arduo, había conseguido dar lo mejor de sí mismo. Todo el mundo había tenido una palabra amable para él. Pero ¿no sería para que se sintiera mejor? No, parecían comentarios sinceros. Rupert lo había felicitado y Emma había añadido que era *superchachi* actuar con él. Chris Columbus había estado un rato largo con él para charlar y hablar del papel. El futuro parecía de lo más concreto.

Pero hay que reconocer que la balanza se inclinaba a favor de Daniel. Sin embargo, las cosas no fueron tan sencillas. La decisión de producción sería irreversible y comprometería la suerte de la saga potencial. Se evaluaron las virtudes y los defectos de cada uno de los candidatos, que se equilibraban en una terrible ecuación. Los representantes de la Warner viajaron desde Estados Unidos y se organizó una gran reunión en Londres con David Heyman, Chris Columbus y, por supuesto, J. K. Rowling. Cada cual manifestó su opinión. Mucho más tarde, en una entrevista concedida al *Huffington Post* que se encuentra muy fácilmente en internet, una de las directoras de casting resumiría lo que realmente sucedió en aquella etapa.

*

Extracto de la entrevista a Janet Hirshenson
(2016)

Vimos una vez más las pruebas de Daniel. El otro chaval era magnífico, tenía un lado vulnerable y se parecía una barbaridad a Harry. Pero también sabíamos que Harry se convertiría en un adolescente con confianza y mucho carácter. Daniel tenía esas dos facetas, era muy vulnerable y a la vez tenía ese algo extra que le confería «agallas». Resumiendo: Daniel tenía «lo que había que tener» para asumir el papel.

*

He aquí, por tanto, la razón por la que se decantaron por Daniel Radcliffe. Una cuestión de intuición: él tendría la fortaleza mental para vivir una experiencia extrema. Pero hay más. En el centro de las declaraciones, la directora de casting emplea una expresión fascinante: «Ese algo extra». Esa cualidad imposible de definir fue en el fondo decisiva. Si Martin hubiera preguntado: «¿Por qué él y no yo?», le habrían contestado que la culpa la tenía *ese algo extra*.

Quedarse a las puertas de tanto por tan poco era como para volverse loco.

Así es como una vida humana cae del lado equivocado. Siempre es una nadería lo que marca la diferencia, como si la mera posición de una coma pudiera cambiar el sentido de una novela de ochocientas páginas.

28

Había llegado el momento de dar la noticia a los dos finalistas. Primero la buena noticia, primero dar tranquilidad al campeón, al elegido; del perdedor se encargarían después. Indudablemente, la decepción de Martin Hill sería colosal. Nadie podía imaginar hasta qué extremo iba a resultar dolorosa.

Por el momento, Daniel se relaja en un baño de espuma, juega con un patito que se ha enmohecido con los años. Debería tirarlo, pero cuesta deshacerse de los vestigios de la infancia. Desde hace varios días, la espera lo paraliza y sus padres están sumidos en el mismo estado. Por eso se pasa el día a remojo, como si las horas pudieran pasar más deprisa dentro del agua. De repente, oye que suena el teléfono. Un timbrazo, dos, tres, por qué no contesta su padre, como la cosa siga así tendrá que salir de la bañera y precipitarse al salón para descolgar, pero no, no va a hacer falta, ya está, ya oye la voz de su padre que por fin ha respondido, se queda muy quieto, aguza el oído, tendrá algo que ver con él, con el casting, no soporta más la espera, esto es un suplicio, por qué habla tan bajo su padre, no se oye nada, eso no es buena señal, fijo, es mala señal, cuando a uno le dan una buena noticia lo manifiesta, llega incluso a soltar un grito de alegría, sobre todo tratándose de una noticia semejante, pero en este caso no, nada, ni un ruido, ni una reacción, el salón como muerto y la conversación que se alarga y se alarga, y eso que normalmente su padre odia hablar por teléfono, el agua se ha enfriado, no está a gusto, el momento se vuelve insoportable, pero Daniel imagina de pronto que si sale del agua no le darán el papel, un desvarío que se le pasa por la cabeza sin motivo, un extraño juego mental, pero así es, tiene que quedarse en la bañera mientras no conozca el motivo de la llamada, está convencido de que hay una relación causa-efecto, su padre cuelga por fin, pero no ocurre nada, un silencio se adueña del espacio, todo apunta a que ha vuelto a su despacho, así que no era una llamada de la productora, todavía no, todavía no, todavía no, tendrá que seguir atrapado entre dos vidas, ya no consigue ser Daniel y todavía no es Harry, empieza a parecerle mala señal tanta espera, sí, es una estupidez seguir creyendo que lo conseguirá, todo se ha ido al traste, al garete, pero en el corazón de esa oleada de negatividad oye como si unos pasos se acercaran, sí, eso es, unos pasos en su dirección, está claro que su padre quiere hablar con él, sí, no hay duda, dentro de un segundo abrirá la puerta, Daniel clava la mirada en el pomo, sus pensamientos estallan en todas direcciones, en la confusión de interpretaciones, por qué va a buscarlo su padre ahora, por suerte el caos de interrogantes dura poco, por fin abre la puerta, con un semblante inédito, diríase que tiene frente a él a un desconocido, inmóvil, todo solemnidad, dejando flotar el silencio unos segundos antes de romperlo tal que así: «Te han elegido a ti».

29

Unos años antes, David Heyman había recibido una carta de Olga, su prometida de origen ruso. Olga fue su primer gran amor, el que a menudo se transforma en cadena perpetua del recuerdo. Se conocieron en la época del instituto y durante unos meses vivieron deslumbrados. Pero al final ella decidió romper; por escrito. Es de sobra sabido que los rusos llevan incorporado el drama literario. David no había olvidado aquella sensación terrible: con el corazón desbocado, abrir un sobre de su amada y toparse con las palabras del rechazo. No podía replicar nada. La carta es una conversación de sentido único. Conmocionado por tanta violencia, se prometió no recurrir jamás a semejantes vilezas. En lo sucesivo, las pocas veces en que había tomado la decisión de terminar una relación lo había hecho siempre cara a cara, aun a costa de pasar un mal trago.

De igual modo, el teléfono sonó en casa de los Hill. Una auxiliar de producción concertó una cita con ellos. Padre e hijo intentaron disimular su agitación. Era buena señal, pensaban los dos, lejos de imaginar que David consideraba que debía estar presente para anunciar una mala noticia. Era un principio de elegancia y una manera de atenuar la brutalidad del chasco. Ni por un momento se planteó que aquella convocatoria pudiera brindar un exceso de ilusiones al chico que estaba a punto de ser rechazado. Sucede, pues, que obremos mal por delicadeza. Pero el malentendido iba a durar poco. En cuanto Martin vio la cara del productor, supo que no era Harry Potter quien se disponía a tomar asiento en el sofá de su despacho. Sí, tenía el semblante muy serio y se leía ya en su mirada el discurso que estaba a punto de pronunciar. Sin embargo, era necesario articular las palabras, esas palabras que Martin nunca olvidaría.

—No lo habéis elegido a él, ¿es eso? —preguntó un John febril.

—Miren, no es fácil esto... Quería verlos en persona... Quería verte a ti, Martin..., porque no quería anunciártelo por teléfono. Sé que no es fácil oír lo que voy a decirte.

—...

—Ha sido una decisión dolorosa también para nosotros. Porque a todo el mundo le has parecido fantástico, dotado de un talento excepcional. De hecho, puedes contar conmigo para el futuro de tu carrera. Estoy convencido de que volveremos a encontrarnos en otros proyectos. Pero, como ya habrás comprendido, no te hemos seleccionado para encarnar a Harry...

Martin dejó de oír las palabras del productor. Notaba la cabeza acalorada y algodonosa. Tenía la sensación de estar cayendo sin moverse del asiento. Naturalmente, se había preparado para la posibilidad del fracaso, pero el impacto de la realidad fue demasiado violento. No se sentía capaz de encajar semejante varapalo. Con los años, uno adquiere poco a poco la capacidad de aguantar los golpes. Puede que la vida humana se resuma en eso, en una incesante experimentación de la desilusión, para desembocar con más o menos suerte en la gestión del dolor. Pero, por el momento, Martin solo tenía once años. No había manera de superarlo. Acababan de arrebatarle la promesa de una aventura maravillosa.

John habría querido levantarse, coger a su hijo en brazos, pero siguió escuchando al productor. Inmóvil, respetaba el protocolo de pronto absurdo de aquel encuentro. ¿Qué sentido tenía oír unas palabras que son puro humo? Todo había terminado. ¿Por qué había buscado a su hijo, por qué le había dado tantas esperanzas para luego rechazarlo? Ellos no habían pedido nada. A John lo asaltó entonces un pensamiento terrible: «¿Le habré transmitido a mi hijo la maldición del fracaso?». Es más: «Si de tal palo, tal astilla, es posible que de un fracasado solo pueda salir otro fracasado». Naturalmente, todo estaba relacionado. Desde hacía años, John se sentía humillado por la existencia, y hete aquí que ahora le tocaba a su chico. Se pasaba la vida dejándose maltratar por jefecillos en los platós de rodaje. En cuanto a sus invenciones, corramos un tupido velo. La corbata paraguas era el hazmerreír. Y, para colmo, Jeanne, que se había ido a otro país claramente para asegurarse de no verlo más. ¿Cómo podría haber engendrado un hijo capaz de suscitar el deseo del mundo entero?

John elaboró un poco más su despreciativo monólogo interior. Era absurdo: había ayudado a su hijo a prepararse perfectamente y estaba claro que si se había lucido tanto había sido en parte gracias a él. Por lo demás, David seguía encadenando comentarios elogiosos sobre el talento de Martin. Pero, en fin, se habían quedado con el Otro. Todos aquellos cumplidos eran una simple tirita en una fractura. El productor quiso, pese a todo, proponerle algo:

—Por desgracia, todos los papeles protagonistas están ya asignados, pero podrías participar en las grandes escenas. Como las que se desarrollan en el Gran Comedor de Hogwarts...

—Figurante... —interrumpió Martin con un hilo de voz.

—Sí... Bueno, no. Siempre podemos apañar algo para que tengas una frase o dos —añadió un David febril.

—Gracias..., pero no me apetece mucho eso... —musitó finalmente Martin con la voz apagada por el sueño roto.

A David le dio apuro haber formulado aquella propuesta. Qué sentido tiene mitigar la decepción de quien ha soñado con ser océano ofreciéndole ser gota de agua. Pero no le quedaba otra. Por un instante, barajó la posibilidad de hacerle una promesa: escribirían un papel a su medida para la segunda entrega de la saga. Pero se lo pensó mejor. Era mejor no azuzar más las fantasías de aquel niño por temor a robarle de nuevo sus ilusiones en un futuro. ¿Cómo consolarlo, entonces? Había otra posibilidad, pero era aún más humillante. No podía pedirle que hiciera de doble de Daniel Radcliffe. Los rodajes serían tan agotadores que los actores principales contarían con un apoyo en algunas de las escenas de acción, para las pruebas de iluminación o los planos de espaldas. No, no, ni hablar de ofrecerle eso.

*

Historia de David Holmes

Unos meses después, la productora encontró por fin el mirlo blanco, un joven deportista al que habían seleccionado para formar parte del equipo de quidditch de las dos primeras entregas de la saga. Sus competencias físicas le valieron la propuesta de hacer de doble de Daniel Radcliffe en todas las escenas de acción. Debía asimismo entrenar al actor varias veces por semana. Fue el inicio de una relación amistosa entre los dos chicos. Sin embargo, en enero de 2009 el destino de David dio un vuelco, durante el rodaje de la última película de la serie, titulada *Harry Potter y las reliquias de la muerte*. En este filme, el joven mago debía zigzaguear entre bolas de fuego montado en su escoba voladora. La tragedia acaeció durante un ensayo de esta escena peligrosa. El cable que sujetaba al doble cedió y provocó que el muchacho se estampara con violencia contra una pared. Todavía en el suelo, David se dio cuenta de que había ocurrido algo muy grave. No podía moverse. Lo trasladaron al hospital de Watford, el más cercano a los estudios. La médula espinal estaba dañada y le anunciaron que se había quedado tetrapléjico de por vida. Solo tenía veinticinco años.

*

No había nada más que decir, todo había terminado, tenían que reconocerlo. John y Martin dieron las gracias al productor por su amabilidad, a pesar de todo. Una vez fuera, se quedaron un momento parados delante del edificio.

—Hay que verle el lado positivo...

—¿El lado positivo? ¿Qué lado positivo?

—No deja de ser una experiencia tremenda.

—De nada sirve si a fin de cuentas...

—Sí, comprendo.

—...

—La buena noticia es que has descubierto tu vocación —añadió John.

—...

—Es verdad, tienes un don, cariño, todo el mundo te lo ha dicho. He localizado un taller de teatro cerca de casa...

—...

—Y podríamos invitar al productor si participas en algún espectáculo, tengo mis contactos en el mundillo, ya lo sabes...

—No.

—¿No qué?

—No quiero hacer teatro. Todo eso se ha terminado.

—Eso lo dices porque estás bajo los efectos de la decepción, es normal. Pero yo he visto cómo has disfrutado...

—No, papá. No voy a hacer teatro —zanjó Martin con tal convicción en la voz que cortó de raíz cualquier argumentación.

No quería volver a experimentar nunca más la sensación de sentirse deseado y luego rechazado.

30

La velada en casa fue silenciosa. John avisó a Jeanne, pero Martin no tuvo ganas de hablar con ella. No le apetecía andar contando cómo se sentía; quería poner punto final a la difusión de su tristeza. Sus sentimientos eran fáciles de adivinar, ahora solo deseaba olvidarlo todo, no hablar más de ello. El tema se volvió tabú.

Durante esa primera noche, Martin no paró de rememorar el casting. ¿En qué punto había fallado? ¿Qué habría podido hacer mejor? De todos modos, eso no cambiaría nada. En la vida no hay marcha atrás. Había dejado pasar su oportunidad y ahora debía afrontar el porvenir con ese naufragio. Por supuesto, no podía asumir él toda la responsabilidad. El otro actor seguramente había sido mejor. Y contra eso sí que no podía hacer nada. Pura fatalidad. A lo sumo, podía maldecir al destino por haber puesto al Otro en su camino. Muy a menudo hay alguien que ocupa nuestro lugar, que nos cierra el paso. Le había pasado ya en la escuela o en el club deportivo; ocasiones en las que había estado a punto de ser el primero antes de que apareciera alguien más competente que él. ¿Siempre funciona así? Toda vida humana, tarde o temprano, se ve malograda por otra vida humana.

Las imágenes del Otro lo obsesionaban. Debía de estar festejando su victoria, embriagándose de lo que estaba a punto de vivir. Martin sintió que unos celos abismales invadían su cuerpo. «¿Por qué él y no yo?», repetía sin cesar, como el estribillo de su amargura. En la fiebre de aquella noche inyectada de decepción, se puso a imaginar: «¿Y si lo eliminara?». Una idea descabellada, absurda, demencial. Si una persona te arruinaba la vida, ¿no había que apartarla sin más? Se acordaba de un suceso ocurrido unos años antes; había estado en boca de todos. Al no soportar la idea de ser la segundona, una patinadora artística estadounidense se las había arreglado para lesionar la rodilla de su rival. Solo que enseguida todas las pistas apuntaron hacia ella. Si el otro actor aparecía asesinado, era harto probable que la policía viniera a buscarlo de inmediato. En el laberinto de sus pensamientos morbosos, Martin se imaginaba ya en prisión. La verdad es que estaba divagando. Menudo disparate. Al final se durmió, completamente perdido.

Segunda parte

1

Pasaron los meses y la decepción se diluyó. Alguna que otra vez, Martin dejaba de pensar en su fracaso o bien lo rememoraba sin que se le encogiera el corazón. Pero prefería evitar hablar del asunto; el hecho de mentar una herida tiene el poder de reavivarla. Como es natural, oía hablar del libro en el colegio; él, sencillamente, se alejaba de las conversaciones. Resultaba bastante fácil sortear las minas de tan triste recuerdo.

Su vida dio un vuelco en noviembre de 2001. Curiosamente, Martin no vio venir lo inevitable. Ni tampoco sus padres. Y eso que estaba bastante claro que la adaptación de aquel fenómeno editorial no pasaría desapercibida. Fue peor que eso. De entrada, los preestrenos de la película sembraron una suerte de histeria colectiva que batió todos los récords. El día del estreno, el 16 de noviembre, solo se hablaba de *Harry Potter*. Arrancó entonces para Martin el verdadero horror: a partir de ese momento le resultaría imposible obviar lo que había dejado escapar. Imposible acogerse al famoso «derecho al olvido» al que se alude para los criminales. Peor aún, parecía que el país entero avivaba las brasas de su fracaso. Cada vez era más complicado encender el televisor sin toparse con el rostro radiante de Daniel Radcliffe, sin escuchar el relato de su maravillosa vida cotidiana. Todo Londres estaba forrado con su cara. A la gente le caía fenomenal, quería saberlo todo sobre él; se rumoreaba incluso que pronto tendría audiencia con la reina. La vida del Otro se le imponía de continuo.

No parecía haber salida. Todas las esferas estaban contaminadas. Hasta su profesora de inglés le falló al dedicar una clase entera al léxico de *Harry Potter*. Como una penitencia, Martin tuvo que estudiarse el significado de las palabras inventadas por J. K. Rowling. Por suerte, aún podía refugiarse en París los fines de semana, aunque la tregua duró poco. En diciembre, Francia también se dejó invadir por la película, que acumularía más de diez millones de localidades vendidas; un balance fabuloso. Lo mismo ocurriría en el mundo entero. Al cabo de poco, ya no quedaría un solo rincón del planeta que no le recordara aquel borrón de su destino.

Al ver que su hijo se recluía en sí mismo, John empezó a preocuparse. Hasta él se sentía acosado por la omnipresencia de *Harry Potter*. Lo animó a hablar, era la única forma de dar salida a la opresión. Por primera vez, Martin intentó poner en palabras lo que estaba sintiendo. Según él, era como si una chica te abandonaba y tenías que cruzarte con ella a diario. Aunque no, esa comparación sentimental no le parecía lo bastante potente. Era mucho peor que eso. «Todo me recuerda constantemente mi fracaso, es horroroso...», dijo por fin Martin. John, trastornado por la tristeza de su hijo, no sabía qué hacer. Se acordó con espanto de otro destino que le parecía similar.

*

Historia de Pete Best

Se ganó el apodo de «el hombre más desafortunado del mundo». Y es que lo echaron de los Beatles apenas unas semanas antes de que se convirtieran en la banda más legendaria de todos los tiempos. Como en Liverpool tenía contacto con John, Paul y George, se incorporó al conjunto durante la larga temporada que pasaron en Hamburgo. Pete, un chico solitario, se quedaba siempre un poco descolgado. Los demás lo imaginaban muy seguro de sí mismo, altivo. Además, era muy guapete. Gustaba a las chicas, lo que molestaba un poco a sus compañeros. En agosto de 1962, un artículo informó de la firma del grupo con EMI; el texto iba acompañado de una foto de... Pete Best. Puede que se tratase, pues, de una mera cuestión de celos, pero, cuando el productor formuló sus dudas acerca de la calidad del baterista, los músicos lo sustituyeron sin dudarlo ni un segundo. Y sin tener siquiera la elegancia de anunciárselo en persona. Nunca más volvieron a hablarse. Así fue como Ringo Starr se incorporó a la leyenda. Los Beatles se transformaron en un fenómeno sin precedentes que sembraba la histeria allá donde pisaba. En Liverpool, todo el mundo conocía a Pete como miembro del grupo; el pobre no podía salir a la calle sin recibir miradas de lástima. Mientras sus antiguos compañeros se hacían ricos y famosos, él se aislaba cada vez más, como un paria de la gloria. Su fracaso era peor que un fracaso, pues todo el mundo estaba enterado. Durante toda su vida hubo de enfrentarse a lo que estuvo a punto de conseguir. No podía encender la televisión, escuchar la radio, leer una revista sin encontrarse con los muchachos de *A Hard Day's Night*. Su vida se volvió un infierno hasta el punto de que intentó suicidarse en 1965. Poco a poco superaría el bache, pero juzgó preferible dejar la música. No tenía ninguna gana de que acudieran a escucharlo por curiosidad malsana. Lo pasó muy mal y sus antiguos colegas, ya multimillonarios, no le echaron una mano. Pasó el tiempo, al final se metió a panadero. Pero jamás escapó a la maldición. A ojos de todos, Pete será para siempre el tipo que estuvo a punto de ser un Beatle.

*

Era natural que John estableciera esa comparación, esa manera de estar constantemente expuesto a la vida que uno podría haber tenido. Pero los dos casos presentaban una diferencia fundamental: al contrario que Pete Best, Martin era una persona anónima. Si lograba huir del recuerdo de su fracaso, podría salir airoso. Desde luego, la huida se auguraba compleja. Siempre habría una película nueva o un nuevo libro. J. K. Rowling había anunciado siete tomos. La cosa iba para largo. En lo sucesivo, Martin trataría de vivir su vida a salvo del célebre mago. Dejó de ir al cine por miedo a toparse con un tráiler y no se atrevía a encender el televisor. Perdió el contacto con sus amigos, pues no soportaba más todas esas conversaciones que derivaban invariablemente en *Harry Potter*. Cada cual busca como puede el remedio a su sufrimiento. Por suerte, Martin nunca había hablado del casting. Era un alivio haber obrado de ese modo y que nadie le reclamara ahora que contase su infortunio cada dos por tres. Su desilusión tenía al menos el mérito de mantenerse en secreto.

2

Martin iba a tener que enfrentarse a otra tragedia. A decir verdad, puede que los dos elementos estuvieran relacionados. Sí, cuando hizo memoria le pareció evidente que su padre había empezado a toser justo después del chasco del casting. Una tos anodina al principio y después cada vez más inquietante. Al final, John pidió cita con un generalista que lo derivó a un neumólogo. Nunca es buena señal que un médico te arroje a los brazos de otro colega. Pero John se presentó en la consulta sin especial aprensión. Nunca había considerado la enfermedad como posibilidad; siempre se había movido, al menos en materia de salud, en una forma de despreocupación con respecto a lo peor. El reconocimiento duró más de lo previsto. El doctor buscaba las palabras, un detalle que lo decía todo. El cáncer estaba ya en marcha, inexorable. En el pulmón. Él, que jamás había sido fumador. Aquello echaba más leña al fuego de lo absurdo. Toda su vida, John había estado como desfasado consigo mismo; nunca en el sitio correcto, como en el concierto de los Cure; como en su vida profesional; como en el momento del encuentro con David Heyman; y hete aquí que ahora le descubrían una enfermedad que no le pegaba ni con cola.

No dijo nada al oír la sentencia. John era de los que piensan que las cosas existen únicamente si las nombramos. Tal vez pudiera curarse a base de inyecciones de discreción. A decir verdad, no quería que nadie lo redujera a su enfermedad. Cuando una persona anuncia que tiene cáncer, ya solo se ve el cáncer en ella. El médico se mostró poco optimista; entre seis y ocho meses, como máximo. Al cabo de unas semanas, John empezó a sentir una especie de quemazón por todo el cuerpo. Tuvo que pedir la baja por enfermedad. El último día de trabajo, se marchó del plató sin contarle nada a nadie. Dejaba tras de sí el rodaje de *Love Actually*, una comedia romántica perfecta; de nuevo, un último desfase.

Pronto John ya no podría cuidar de Martin. Su hijo iba a hacerse mayor sin él; era insoportable. No le quedó más remedio que llamar a Jeanne para ponerla al corriente. Por un instante, la imaginó volviendo a su lado;

aunque fuese por lástima, a él le habría parecido bien. Jeanne se quedó impactada por el anuncio, balbució unas pocas frases antes de intentar ser pragmática:

—Eso se puede tratar, con sesiones...

—Es demasiado tarde...

John se echó a llorar muy bajito, a través del teléfono. Al compartir por fin la terrible realidad sintió una especie de derrumbe interior. Había que hablar de Martin; de las disposiciones inminentes. Jeanne no podía llevárselo a París y separarlo de su padre. Le correspondía a ella desplazarse. Necesitaría unos días para organizarse, pero sí, regresaría a Londres. Intentó encontrar palabras de consuelo a la vez que reprimía sus propios sollozos.

3

Martin veía que su padre se quedaba sin fuelle, que tosía mucho, pero John seguía diciéndole: «Estoy estupendamente». ¿Por qué no creerlo? No obstante, cuando se enteró de que su madre volvería pronto para cuidarlo, no le quedó otra que concluir que la cosa era realmente preocupante. John, sin embargo, seguía restando importancia a la gravedad de la situación. Al final, reconoció de pasada que era un mal momento que había que pasar, «una prueba de las que te pone la vida». Jugaba a ser actor en un decorado de cartón piedra. Todo sonaba falso, pero Martin fingía creérselo. A fin de cuentas, la ficción tal vez pudiera derrotar a la realidad.

Mientras hacían unas compras en el Night and Delhi, la tienda de comestibles india de la esquina de su calle, John tuvo un desmayo. Martin vio a su padre desplomarse ante sus narices de forma brutal. Jamás podría olvidar esa imagen. Inmediatamente, asoció esa visión con la de las torres gemelas de Nueva York, destruidas por el terrorismo apenas unos meses antes. *A posteriori*, sería incapaz de explicarse por qué relacionó los dos sucesos de ese modo, lo íntimo con lo universal; sin embargo, era la misma imagen, la de una caída que parecía inconcebible. Martin se precipitó hacia su padre. John, consciente, intentó sonreír; una sonrisa del arsenal de las apariencias. Había que dejar de hacer como si no pasara nada. Sin embargo, un minuto antes aún rascaban un poco de ilusión. Mientras deambulaban por los pasillos John le había dicho a su hijo: «No te olvides de coger los yogures que te gustan...». Sí, esa fue la última frase que pronunció antes de caer; la última frase de la vida normal.

Martin agarraba la mano de su padre. El tendero indio, al que conocían bien, le acercó un vaso de agua antes de comprender que con eso no bastaría. Había que llamar a emergencias. La clientela se arracimaba alrededor del tipo del suelo, entre el voyerismo y la compasión. Una mujer que afirmaba ser médica le tomó el pulso y luego ya no dijo ni una palabra más. Dedicó a Martin una mirada huidiza y le pasó una mano por el pelo; le preguntó entonces a qué colegio iba y el chico contestó con educación. Varios minutos más tarde, una ambulancia estacionó delante del comercio. Bajaron dos sanitarios que se dirigieron rápidamente hacia John. Le hicieron varias preguntas cuyas respuestas fueron casi inaudibles. A duras penas pudieron distinguir en un débil resoplido: «Mi hijo...». Uno de los sanitarios se volvió hacia Martin y preguntó: «¿Es tu papá?». Él asintió con la cabeza y el hombre le propuso que se apartaran para hablar un poco. En vista de que el niño no quiso separarse de su padre, el sanitario lo tranquilizó:

—Mira, mi compañero se va a ocupar de él la mar de bien. Es muy majo.

—...

—Solo vamos a apartarnos un pelín. Todo irá bien...

Hilvanó así un puñado de frases tranquilizadoras antes de preparar la etapa siguiente:

—Vamos a llevarnos a tu papá para hacerle más pruebas. Solo unas comprobaciones, nada grave. ¿Puede pasar alguien a recogerte?

—No lo sé.

—Tu madre, ¿dónde está?

—En París.

—Ah, vale. ¿Algún otro familiar que pueda venir?

—No, no tenemos a nadie aquí.

—¿Y algún amigo del cole? Podríamos llamar a sus padres...

—No sé...

El interrogatorio logístico se prolongó un poco más y llegó a un callejón sin salida. Martin tampoco olvidaría ese sentimiento, el de no tener adónde ir, el de notar que nadie sabía qué hacer con él. Al final dio el nombre de Rose, su antigua niñera. Cuando se llevaron a su padre, Martin quiso seguirlo hasta el hospital, pero le negaron esa posibilidad. Un niño no podía estar en un pasillo ni en una sala de espera. Él insistió y tuvieron que retenerlo por la fuerza.

Martin se quedó en la tienda con la mujer que le había tomado el pulso a su padre. El tendero le ofreció caramelos. Los adultos no sabían qué hacer para llenar la espera. Rose llegó por fin, sin aliento, y le dio un abrazo a Martin. Cómo ha crecido, ahora es un adolescente, pensó, casi apurada de repente por su gesto espontáneo. Iban a pasar una velada maravillosa, como antes, le aseguró ella. Pero ya nada era como antes. ¿Por qué nadie le hablaba con normalidad? ¿Por qué no le decían que la cosa era grave? ¿Por qué le anunciaban una velada muy buena cuando su padre iba a morir? Justo antes de abandonar el negocio, Martin se dirigió a la sección de los yogures para coger sus favoritos. Los presentes vieron el gesto como una manera de recuperar tranquilamente la posesión de la cotidianidad, aunque no era más que fidelidad a la última frase de su padre. El tendero le regaló los yogures y Martin se fue con Rose. Por el camino de regreso, la chica intentó hablar de otra cosa, le preguntó por las clases y acabó aludiendo a aquella grisura que no acababa nunca. Martin estaba mudo; no paraba de ver a su padre cayéndose una y otra vez, era como si su mente reprodujera la imagen en bucle. Nada más llegar, llamó por teléfono a su madre, que anunció que tomaría el primer Eurostar de la mañana siguiente; habló también con Rose y le dio un puñado de instrucciones anecdóticas para disfrazar la sensación de estar tan atrozmente lejos.

Durante la velada, Martin llamó varias veces al hospital y todas ellas le dijeron que el paciente estaba en observación. Conque eso era estar enfermo: ser observado. Rose propuso ver unos dibujos animados o jugar al Monopoly, *como antes*, pero Martin prefirió acostarse. Algo lo incomodaba, quería abreviar la noche. Dos años antes, le había explicado a su padre que ya era lo bastante mayor y que podía prescindir de la niñera. La verdad era bien distinta: quería separarse de todos los recuerdos contaminados. Para él, Rose estaba relacionada con el casting. Sin su marcha precipitada, nada habría ocurrido. Martin buscaba culpables para su desgracia.

4

Al día siguiente, Jeanne llegó a Londres. No había vuelto desde la separación. Al salir de la estación, la asaltaron decenas de imágenes, como si los recuerdos esperasen pacientemente en las fronteras. Nada más dejar sus cosas en el piso, salió para el hospital. Las noticias no eran buenas. En la habitación, tomó la mano del que fuera su marido y John pensó: «La única manera de volver a ver a la mujer que amo era morirme».

A última hora de la tarde, Jeanne esperó a su hijo delante de la verja del colegio. Se dio cuenta de hasta qué punto echaba de menos aquello; con Martin vivía momentos bonitos, pero se estaba perdiendo toda una parte de su vida. Le desconcertaba conocer solo los sábados y los domingos de su hijo. Cuando lo divisó, le hizo una seña con la mano, seña casi imperceptible, como si tuviera miedo de molestarlo. Martin, al verla, olvidó por un segundo el contexto trágico y su corazón dio un brinco de orgullo; su madre había ido a recogerlo.

Por la noche, tras ir a darle un beso a su hijo a la cama, Jeanne pasó un buen rato en el salón. Sumida en la penumbra, rememoró las escenas de su antigua vida conyugal. Recordaba con exactitud su primera noche en ese piso; veía aún las cajas apiladas; esas mismas cajas que pronto habría que llenar de nuevo. Aunque los últimos años se le habían hecho inaguantables, ahora se dejaba embargar por imágenes alegres. Todo estaba ahí, tan cerca. Veía a John sentado en el suelo del salón, rodeado de decenas de bocetos, mascullando los secretos de fabricación de una máquina que jamás llegaría a existir. Jeanne le susurró entonces lo mucho que lo había querido.

En una concatenación sentimental, se acordó de Marc. El hombre de la caricia en la espalda. Tras un largo período de seducción diligente, ella había cedido. Pero, después de un caótico desenlace matrimonial y una aventura dolorosa, Jeanne realmente no se había sentido preparada para plantearse una relación nueva. Su vida profesional la llenaba; quería viajar para hacer reportajes sin tener que rendir cuentas a nadie. Sin embargo, cambió de opinión justo cuando el hombre empezaba a darse por vencido. Al apearse del burro, Marc se volvió más atractivo. Extraño mecanismo el del deseo. Había también otra razón: Jeanne tenía treinta y cinco años y se cuestionaba su deseo de tener otro hijo. No descartaba nada.

Se demoró aún unos instantes en esa situación improbable de pintar su porvenir dentro del marco del pasado. Al final, se quedó dormida en el sofá. Esa noche y las siguientes. Las noticias empeoraban cada día.

5

Unas pocas semanas más bastaron para poner fin a aquel combate perdido de antemano. El día del entierro, Jeanne se dejó embargar por una intensa emoción. En ese mismo cementerio se enamoró de John, allí dieron su primer paseo, la encantadora caminata para honrar el pacto con su abuela. Y hete aquí que todo había acabado. Si la existencia era ridícula, lo era más aún en el eco de los decorados. Jeanne tenía la impresión de que su vida en común había durado apenas lo que dura un puñado de escenas. Risas, lágrimas, emociones, problemas y un hijo. Martin estaba muy pegado a ella, increíblemente digno. Le habían arrebatado a su adorado padre.

La violencia del momento se veía agravada por el escaso número de personas presentes. John había vivido como un eremita, sin entablar apenas relaciones de amistad. Jeanne había mandado venir a un sacerdote. Y eso que ningún miembro de la familia era católico. Ella solo quería que alguien pronunciara unas palabras, para enmascarar el silencio; pero no había nada que decir; un cáncer fulminante antes de los cuarenta era algo que empujaba a callar. Por suerte, se puso a llover. La escena se recubrió de agua como para embebecer la tragedia. Desde hacía unos días, Martin andaba muy metido en los archivos de su padre. Había encontrado una tela ancha atravesada por unas varillas metálicas: la famosa corbata paraguas. A modo de homenaje, decidió ponérsela, por muy poco práctico que pareciera lucir aquel bulto de tela alrededor del cuello. Pero ahora que llovía pudo desplegarlo por encima de la cabeza. El agua seguía chorreándole por la cara, pero Martin estaba orgulloso de honrar así la memoria de su padre.

6

Para no añadir una mudanza a una etapa ya de por sí brutal, Jeanne decidió quedarse en Londres hasta que terminara el curso escolar. Podía seguir trabajando, escribir reportajes sobre la actualidad británica. Marc la llamaba a menudo, pero ella abreviaba las conversaciones. Su hijo era su prioridad absoluta; estaba preocupada. Jeanne imaginaba que, al enterrar a su padre, Martin había enterrado su infancia. Era como si le hubieran dado un empujón por la espalda, como si lo hubieran obligado a entrar más rápido en la edad adulta. Él no se atrevía a decírselo a su madre, pero su verdadero malestar era de otra índole y no se sentía orgulloso de ello. En las salas de cine, la segunda entrega de la saga, *Harry Potter y la cámara secreta*, batía todos los récords. El entusiasmo podría haber menguado, como pasa a veces con las segundas partes, pero no: se intensificaba. Cada día se sumaban al baile miles de nuevos fans. Asustado por la nueva oleada, Martin se replegaba aún más en sí mismo. En el colegio achacaban su actitud al reciente drama. Los docentes murmuraban a su paso: «Es el huérfano...». Y esa palabra acentuaba su pavor. Huérfano. Como Harry Potter.

Al final, Jeanne comprendió que el humor taciturno de su hijo tenía que ver, al menos en parte, con el casting malogrado. Se percataba del estado en que Martin se sumía tan pronto como salía el tema, aunque fuera remotamente. Comprendía su amargura, por supuesto, pero sin llegar a imaginar la intensidad de su desazón. Aun así, decidió que su hijo debía hablar con alguien de fuera. Jeanne pidió cita con el doctor Xenakis, que pasaba consulta en el barrio. Martin se tomó más o menos bien la decisión. Tal vez el médico pudiera liberar su corazón del peso que lo aplastaba. Cuando lo conoció, el adolescente no se llevó ninguna sorpresa: el psiquiatra infantil era la viva imagen de lo que él había imaginado. El hombre, que hablaba con un marcado acento griego y tenía la cara estriada por multitud de arrugas, parecía la encarnación de la sabiduría antigua.

—Tu madre está preocupada por ti —arrancó Xenakis—. Cree que necesitas hablar. ¿Tú qué opinas?

—Puede que me venga bien.

—Eso espero. ¿Qué edad tienes?

—Trece años.

—Una edad difícil. Cantidad de cambios a todos los niveles. Y para ti es forzosamente más complicado que para los demás. ¿Quieres hablarme de tu papá?

—No hay mucho que decir.

—Aun así, ¿puedes intentar definir lo que sientes? Tu madre me ha dicho que te ve más retraído que antes. A veces, cuando perdemos a un ser querido, experimentamos una especie de rabia muy profunda. Y es normal. El mundo nos parece injusto...

—Sí, es injusto. Pero...

—¿Qué?

—...

—Martin, sabes que puedes hablar conmigo. Todo quedará entre nosotros.

—Tengo la sensación de que mi vida es un fracaso —expuso Martin de golpe y porrazo, lapidario.

Xenakis se quedó parado un momento, como sorprendido. La dolorosa confesión era cuando menos inesperada en esa fase tan precoz del diálogo. Para atenuar lo excesivo de la observación, trató de matizar.

—Martin, a tu edad, nada puede llevarte a afirmar una cosa así. Tienes aún toda la vida por delante...

—...

—¿Quieres explicarme por qué tienes esa impresión?

En ese momento, Martin barajó la posibilidad de contarlo todo, pero prefirió callar. Al igual que le pasaba con sus amigos, no soportaba la idea de que alguien supiera que había estado a punto de ser Harry Potter. Acorralado, musitó unas palabras evasivas sobre un chasco que había sufrido.

—¿Con una chica? —preguntó entonces Xenakis.

—No.

—O con un chico...

—No, no es eso.

—Bueno, no quiero obligarte a hablar. Es muy habitual que nos creamos incapaces de sobreponernos a un fracaso. Pero, si quieres escuchar mi punto de vista, te diré lo que pienso: todas las situaciones de fracaso pueden ser beneficiosas a la larga.

—...

—No sé el motivo por el que sufres, pero estoy convencido de que tarde o temprano te darás cuenta de que este sufrimiento puede encarnar también tu mayor fortaleza para lograr lo que te propongas.

A Martin le pareció ridícula aquella declaración. No veía de qué manera podía transformarse en fortaleza la humillación que había vivido. Todo lo contrario: estaba convencido de que nunca más volvería a tener confianza en sí mismo. A pesar de su buena voluntad, Xenakis no podría hacer nada por él. La única solución habría sido volver al pasado y empezar el casting desde cero. Él no necesitaba un psiquiatra infantil, sino un mago; era con Dumbledore con quien debía hablar para sentirse mejor. Mientras Martin divagaba, Xenakis seguía ponderando las bondades del fracaso. Aludió entonces a la trayectoria de Steve Jobs (¿tal vez pensara en él porque pasaba cada mañana por delante de la gran tienda Apple de Regent Street?). Tan pagado de sí mismo estaba, tan henchido de arrogancia, que acabaron despidiéndolo de Apple. La empresa que él había fundado. Al final, gracias a ese mazazo, Jobs maduró y regresó, armado con la fuerza de la humildad. Concibió entonces la nueva generación de ordenadores con los iMac e inventó el eslogan *Think different*.

—¿Me estás escuchando?

—Sí.

—No sé qué vas a hacer con este ejemplo, pero me parece una buena lección para avanzar. Gracias al fracaso, ese hombre cambió a mejor. Uno no fracasa en la vida, sino que vuelve a empezar...

Para paliar el silencio de su paciente, Xenakis decidió aludir a otras trayectorias que pudieran ser inspiradoras para Martin. De ahí que agregara:

—Hay otro ejemplo que me gusta mucho, el de J. K. Rowling. Estaba en el paro, desesperada, su vida era una pura sucesión de fiascos... ¡Y mira dónde está ahora! Me imagino que habrás leído *Harry Potter*, como todo el mundo.

—...

—¿Eh, Martin? ¿Lo has leído?

—...

—¿Estás bien? —preguntó entonces Xenakis al constatar la súbita lividez del adolescente.

Martin estaba conmocionado. Por espacio de un breve instante, pensó que estaba siendo víctima de un complot. Alguien se había propuesto avasallarlo, humillarlo sin cesar. Logró recomponerse, procuró mantener la calma. Incluso allí, en aquel lugar que se suponía debía encarnar un refugio, le hablaban una vez más del tema maldito. El psiquiatra seguía preguntándole qué le pasaba, pero Martin se levantó y salió de la consulta sin decir ni pío a su interlocutor. Xenakis se quedó atónito. En treinta años de ejercicio, jamás se había enfrentado a un final de sesión semejante. Intentaría volver a ver al paciente, en vano. Intentaría también que su madre le diera una explicación, pero la mujer se limitaría a reiterar las palabras de su hijo: «No quiere verlo más». La experiencia quedaría para él como un misterio, un enigma desconcertante. ¿Qué había hecho mal?

7

Martin se recluyó todavía un poco más. Su madre ya no sabía qué hacer. Intentaba *despejarle las ideas*, pero no era tarea sencilla. No se despejan las ideas de otro como quien despeja un espacio repleto de cosas. Por suerte, el año escolar tocaba a su fin y ellos iban a marcharse de Inglaterra. Un cambio de ambiente solo podía ser positivo. A principios de verano, Martin dedicó varios días a hacer limpieza entre los juguetes de su infancia, a meterlos en cajas, hasta que resolvió tirarlo todo. Su madre le preguntó, a propósito de un peluche que le encantaba: «¿Estás seguro? Yo creo que deberías guardarlo...». Él negó con la cabeza. Sentía que debía establecer distancias con su pasado feliz; no quería llegar a París con Londres en las maletas. A finales de julio, subieron a un Eurostar sin billete de vuelta. Durante el trayecto, Jeanne le propuso que fueran a picar algo al vagón restaurante, pero Martin rehusó con la excusa de que no tenía hambre. Comer algo que no fueran los bocatas de su padre habría sido algo así como traicionarlo. Tres horas más tarde, al entrar en la Gare du Nord, el adolescente anunció: «A partir de ahora solo hablaremos en francés».

8

Para el mes de agosto, Jeanne se planteaba llevarse a su hijo a Estados Unidos. Martin siempre había hablado con entusiasmo de Nueva York. Pero, cuando le comentó su idea, el chico se mostró reticente. A decir verdad, le inspiraba verdadero terror un país que tenía fama de ser la patria por excelencia del merchandising de *Harry Potter*. Para distraer la atención, anunció: «Mi sueño es Groenlandia». Definitivamente, Jeanne ya no entendía nada, pero quería complacer a su hijo a toda costa. Se informó para preparar el viaje y descubrió un artículo que hablaba de «la isla de la desesperación» y que precisaba: «Uno de cada cinco habitantes ha barajado alguna vez la idea del suicidio...». En materia de reconquista de la vitalidad, se habían visto mejores destinos. Pero a Martin se lo veía francamente emocionado ante la idea de aquel periplo, así que Jeanne accedió a congelarse en pleno mes de agosto. Durante una de las excursiones, se descubrieron solos en medio de la blanca inmensidad. Martin dijo entonces, con un hilo de voz: «Gracias, mamá». Jeanne acababa de brindarle lo que él buscaba: un rincón en la tierra sin presencia humana.

9

Martin entró en el colegio Lamartine, en el tercer año de secundaria. Aunque se mostraba sociable, evitaba entablar amistades. Cuando un alumno se aventuraba demasiado cerca de su esfera íntima, Martin ponía excusas de todo tipo para apartarlo. Una actitud vinculada igualmente a una escena cuando menos embarazosa. En la cafetería, una chica se le acercó para decirle «Hay que ver lo que te pareces al actor que hace de Harry Potter...». Él no supo qué responder. A la chica, Martin le resultó de lo más raro. Sin embargo, aquello era lo más normal del mundo. Había estado a punto de encarnar el papel, se parecía a Daniel Radcliffe. Por eso decidió cortarse un poco más el pelo; las gafas redondas las había abandonado hacía ya mucho tiempo. Tenía la actitud de un hombre buscado por la policía que cambia de apariencia para no llamar la atención.

A su madre le preocupaba verlo solo tan a menudo y le proponía: «¿Y si organizamos una cena el sábado?». O bien: «¿No te apetece invitar a algún compañero a casa?». Él se negaba por sistema, si bien no aparentaba estar afligido. Él es así, pensó durante un tiempo, imaginando que había salido a su padre. Pero enseguida cambió de opinión. De niño nunca había sido así. Se pasaba el día jugando en el parque con sus amiguitos y le chiflaba dormir en casa de uno o de otro. Al final, Jeanne le preguntó sin rodeos:

—¿Todavía piensas en el casting?

—Mamá, no tengo ganas de hablar de eso.

—Ya lo sé. Pero conmigo puedes compartirlo todo. Sinceramente, no me parece normal que un chico de tu edad esté tan solo.

—No me siento bien con los demás.

—Pero ¿por qué?

—Es superior a mí. Tengo miedo todo el rato de que me hablen... de ya sabes qué. Y pasarlo mal.

—Pero, vida mía, siempre va a haber alguien que hable de eso. No es algo que puedas evitar.

—...

Martin no contestó. Sabía que su madre tenía razón. No solo pensaba que había fracasado en la vida, como le había confesado a Xenakis, sino que debía sobrevivir en un mundo hostil. De momento, la única solución que veía era protegerse mediante la soledad. Jeanne consideró que la situación era más grave de lo que había imaginado. Se dijo que debía abrir la puerta para que entrara vida en la vida de ambos.

10

Hasta entonces, no había querido imponer un hombre nuevo a su hijo. Pensaba: «Acaba de perder a su padre, necesita tiempo...». Una posición que a Marc le parecía absurda. Desde la estancia de Jeanne en Londres, ya no soportaba tener que conformarse con unas pocas horas hurtadas aquí y allá. Bajo su aire comprensivo, consideraba que protegiendo en exceso a un niño no se le ayudaba nada. Él mismo tenía un hijo, Hugo, al que de momento veía muy poco. Había perdido la custodia. Jeanne no había logrado enterarse de lo que había pasado realmente. Solo conocía una versión: «Mi exmujer es una zorra, ha mentido sobre muchas cosas solo para trincar pasta. Pero la cosa no va a quedar así. Según mi abogado, recuperaré a mi hijo en la próxima audiencia...». A ella le costaba establecer un nexo entre la delicadeza del hombre que amaba y aquellas declaraciones. Cuando Marc hablaba de su antigua vida, siempre lo hacía con palabras envenenadas.

Así fue como Jeanne decidió abrir la puerta de su hogar a Marc. Se dio cuenta de inmediato de que había hecho mal en preocuparse. Marc pasó una primera noche en el piso y ya a la mañana siguiente era como si todo fuera de lo más normal. Martin parecía incluso valorar aquel soplo de aire fresco. Las conversaciones a solas con su madre se le hacían pesadas a veces. Por su parte, Marc se mostraba más natural que en su primer encuentro. Ya no trataba de crear un vínculo a toda costa hablando de asuntos que no dominaba. En fin, que había abandonado el tema del fútbol. Miraba a Martin y resollaba: «Me recuerdas a mi hijo...». Echaba tanto de menos a Hugo que en todos los demás niños veía reflejos del suyo. No hay nada más visible que la ausencia. Por suerte, al final Marc obtuvo la custodia del chico una semana de cada dos y los cuatro empezaron a pasar tiempo juntos. Sin haberlo premeditado, la pareja que hasta entonces vivía su idilio de manera velada se transformó en familia reconstituida. Además, los chicos se entendían a las mil maravillas; nada dejaba presagiar lo que estaba a punto de suceder.

11

Unos meses más tarde, decidieron mudarse todos a un piso más grande. Martin pasaba una semana de cada dos sin Hugo. Esto brindaba una doble tonalidad a su vida. Las noches que su madre salía con Marc, él vagaba en un reino silencioso que la víspera había sido un alegre desbarajuste. Las infancias modernas están acostumbradas a esta bipolaridad de ambientes.

Jeanne salía a comer con su hijo con regularidad. Era importante conservar *sus momentos de intimidad*. Ella aprovechaba sobre todo para sondearlo, para tratar de averiguar cómo estaba. Cada vez que sacaba el tema de *Harry Potter*, Martin escurría el bulto. Sin embargo, la situación no evolucionaba de manera favorable; el chico seguía evitando una vida social que consideraba peligrosa. Una noche, Jeanne le habló de su relación con sus propios padres, cosa rara en ella. Martin no sabía casi nada de la niñez de su madre. Solo había oído hablar de un entorno insensible y burgués. Precisamente para huir de aquel ambiente hostil se había marchado ella a Londres. Sus padres ni se dignaron asistir a su boda, pues, sin tan siquiera conocer a John, estaban convencidos de que su hija cometía un error monumental al casarse con un «cero a la izquierda». Jeanne no había vuelto a verlos.

—¿No te pone triste? —preguntó Martin.

—No, decidí que ya no me iba a afectar más. Creo que en esta vida podemos llegar... a superar lo que nos hace daño.

Conque eso era. Había hablado de aquel dolor para proporcionarle una lección a su hijo: *es posible superar lo que nos hace daño*. Pero no eran situaciones comparables. Jeanne había roto lazos con sus padres, de acuerdo. Pero ¿cómo habría vivido el hecho de ver por todas partes sus caras en vallas publicitarias? ¿Cómo habría sobrellevado toparse sin cesar con su madre al encender la tele? ¿Podía concebir un mundo en el que el tema de conversación predilecto de todo quisque fuesen sus padres? Imaginemos por un segundo que lo que nos hace sufrir tiene la envergadura mediática de *Harry Potter*. En ese caso, *superar lo que nos hace daño* se complica un poquito.

Poco después de su confesión, Jeanne anunció:

—Le he contado a Marc lo del casting.

—¿Ah, sí? Pero ¿por qué? Sabes perfectamente que no quiero que lo sepa nadie...

—Ya, perdona. Me salió sin pensar en medio de una conversación. Estaba preocupada por ti, Marc me preguntó qué me pasaba... Se interesa mucho por ti. Ya sabes cuánto te quiere.

—...

—En cualquier caso, entendió muy bien lo difícil que ha debido de ser para ti.

—...

—Marc es una persona fantástica.

Martin no lo ponía en duda, pero, por primera vez, consideró que su madre lo había traicionado. No lo había hecho con mala intención, desde luego, pero su iniciativa lo obligaba a encontrar un nuevo equilibrio relacional.

12

Harry Potter y la Orden del Fénix, el quinto volumen de la saga, se disponía a invadir Francia. El 3 de diciembre de 2003, para ser exactos. Aquel día, o más bien la víspera, los fans harían cola durante horas. Las librerías abrirían a medianoche en punto para que el evento fuese un acontecimiento aún mayor. Año tras año, el fenómeno cobraba unas dimensiones monstruosas. En Inglaterra, la novela había vendido casi dos millones de ejemplares en un solo día. Algo nunca visto, jamás imaginado. Por primera vez, un libro en inglés había estado todo el verano en la lista de los más vendidos en Francia; los lectores capaces de prescindir de la traducción no habían podido esperar. J. K. Rowling se había convertido en la autora más leída del mundo.

Martin temía especialmente esos períodos en los que le resultaba imposible no pisar las minas. Desde su apasionada lectura del primer tomo no había vuelto a abrir un solo volumen de *Harry Potter*. Sabía muy bien que a su alrededor todo el mundo devoraría la nueva entrega. Le preguntarían por su opinión y él tendría que confesar que no lo había leído, tratando de aparentar desinterés. Pero el suplicio no acabaría con ese escaqueo. Intentarían entonces convencerlo, espolearlo, hacer que se sintiera culpable: «¿Cómo? ¿Que no lo has leído? Pero ¡cómo es posible! Te lo voy a prestar...». Le harían publicidad de su peor pesadilla constantemente. Al menos, la cosa tenía su lado bueno: la publicación de los libros le hacía menos daño que el estreno de las películas; había una especie de jerarquía dentro del dolor.

Un día en que de nuevo lo exhortaron a leer el último de *Harry Potter* estuvo tentado de contestar: «No puedo. Demasiado doloroso para mí». Obligatoria habría sido la pregunta: por qué. Martin se habría lanzado entonces a relatar su increíble historia. Cuántas veces se le había quedado la confesión en la orilla de las palabras.

Seguramente, al principio no le habrían creído. Pero, respaldado por las pruebas, habría tardado poco en convencerlos. ¿Qué habría pasado entonces? ¿Se habrían burlado de su fracaso? Desde luego que no. Estaba seguro de lo contrario: el testimonio de su aventura maldita le proporcionaría un auténtico halo. Todo el mundo se apiñaría a su alrededor para interrogarlo. Le suplicarían que contara la otra cara del decorado. Y, si llegaba a aludir a su encuentro con Ron y Hermione, se convertiría sin duda en la estrella del centro escolar. ¿Entonces? ¿Por qué no lo hacía? Por la sencilla razón de que no quería que lo asociaran con aquel fracaso. No quería leer en todo momento en la mirada de los demás: «Ah, ese es el que estuvo a punto de ser Harry Potter».

13

Cuando la revista *L'Événement du jeudi* cerró, Jeanne encadenó varias colaboraciones puntuales hasta que se incorporó a la sección de política internacional de *Le Point*. Más tarde la acreditaron para acompañar a la delegación presidencial durante las cumbres en el extranjero. A lo largo de los meses siguientes, haría las maletas varias veces para cubrir la campaña presidencial en Estados Unidos y la batalla entre George W. Bush y su oponente demócrata, John Kerry. Incluso entrevistaría a este último. Ella se sentía a gusto en la nueva redacción y le agradaba la tensión de las reuniones de los lunes. Durante la última de ellas, Marie-Françoise Leclère había anunciado que estaba en negociaciones con el sello juvenil de Gallimard para entrevistar a J. K. Rowling: «Todavía no es seguro —precisó—, pero, si sale, será la única entrevista que conceda...». Todo el mundo se entusiasmó ante la potencial exclusiva.

Jeanne no paró de darle vueltas a aquel dato durante toda la reunión. Ningún otro tema lograba captar su atención. Pensaba: «J. K. está ahí, a mi alcance, accesible. ¿Y si fuera esa la solución para sosegar a mi hijo?». Al salir de la sala de juntas, se acercó a Marie-Françoise:

—Enhorabuena por lo de Rowling, qué puntazo...

—Bueno, todavía no es seguro.

—¿Sabes que fui la primera que escribió sobre ella en Francia?

—No me digas. No tenía ni idea.

—Sí, me cae muy bien esa mujer. Y, precisamente, te quería preguntar...

—Dime.

—Si al final sale la entrevista, me haría mucha ilusión encargarme yo...

—¿Tú? ¿Qué vienes, a quitarme el trabajo? ¿Voy yo a interrogar a Angela Merkel en tu lugar? —replicó su colega con una sonrisa de oreja a oreja.

Al final, Marie-Françoise le propuso que fueran las dos: «Así podrás preguntarle qué opina de la situación en Irak...». Cualquier opinión de J. K. Rowling acerca de cualquier tema suscitaba interés. Jeanne le dio las gracias muy calurosamente a su colega por su adorable reacción y regresó a su despacho. Una vez sola se dejó embargar por la emoción. Podría hablarle de Martin a la celebérrima autora; por fuerza debía de acordarse de él. ¿Accedería entonces a conocerlo? Sí, seguro que sí. Todo el mundo ensalzaba su humanidad y su altruismo. Se contaba que, desde que todos sabían de su éxito, y también de su fortuna, Rowling recibía cada día centenares de cartas de personas implorándole su ayuda. Debía de ser agobiante, pensó Jeanne. El reverso de la gloria. El peso incesante de la desesperación de los demás. Ayudar a una madre soltera con su hijo discapacitado, encontrarle empleo a un parado o vivienda a un sintecho, costear una operación a corazón abierto o un trasplante de riñón. Había también proposiciones menos angustiosas, por suerte, como las peticiones de mano o de un enchufe para conseguir publicar. Como el papa, recibir quejas constituía su pan de cada día. Seguramente, Rowling sabría pronunciar palabras que ayudasen a Martin. Aunque ¿existían acaso esas palabras? Aquel encuentro tal vez lograría evocarle a la autora la hipótesis de la versión fracasada de su vida. Si nadie hubiera querido saber nada de *Harry Potter*, ¿qué habría sido de ella?

Jeanne sabía que las entrevistas con la estrella estaban medidas y calibradas al milímetro. No podría confiarle su historia, menos aún delante de otra periodista. Lo mejor sería pasarle una cartita con sus datos. Sí, eso había que hacer, y posteriormente intentar verla otra vez. Por un instante, se preguntó si a Martin le sentaría bien aquella ocurrencia. Conocer a J. K. Rowling no cambiaría el curso de su existencia, eso estaba claro. Y el chico aborrecía hablar del tema. ¿Qué hacer? Estaba hecha un mar de dudas. Durante unos días, Jeanne osciló entre las distintas conjeturas, y todo para nada. Al final, la creadora de *Harry Potter* decidió no acudir a París para la promoción de la nueva entrega; no concedería ninguna entrevista.

14

Llegó la Navidad y la familia reconstituida celebró una comida por todo lo alto. Era la primera vez que pasaban las fiestas juntos. Para Martin, era la segunda Nochebuena sin su padre. Un aniversario que lo turbaba aquel día y que lo turbaría para siempre.

Pese a todo, la velada fue un éxito. Los chicos compartían buenos momentos, a pesar de que Hugo rebosaba de esa inmadurez tan propia de los niños mimados. Desde que su padre había recuperado la custodia, se había convertido en eso que se da en llamar «niño rey». Entre los dos adultos había una especie de acuerdo tácito según el cual se prohibían intervenir en la educación del vástago del otro, pero Jeanne no podía evitar decirle de vez en cuando: «A Hugo se las dejas pasar todas, eso no está bien...». Su compañero sentimental la escuchaba, por supuesto, probablemente tuviera razón, pensaba, pero le resultaba imposible hacer otra cosa. Respondía: «Sí, ya lo sé, pero es que ha sido tan duro para él, pobre...». Hugo sacaba partido a veces del poder que tenía sobre su padre para ejercer una tiranía fácil. Pero, en último término, los caracteres de todos eran bastante compatibles y los conflictos no pasaban a mayores.

A medianoche abrieron los regalos. Jeanne les había comprado lo mismo a los dos chavales: un iPod. Era lo más sencillo para evitar comparaciones o rivalidades. Martin y Hugo saltaron de alegría y empezaron a mencionar sus canciones preferidas. Pero había más paquetes. Martin vio su nombre en uno de ellos y se precipitó a desenvolverlo. Se puso lívido, lo mismo que Jeanne, que se dio cuenta al instante del error cometido. Lanzó rápidamente una mirada al responsable.

—Marc... Marc...
—Pensaba que hacía bien... —dijo con torpeza.

Martin se encerró en su cuarto. La Nochebuena se había terminado. Jeanne fue a consolarlo. No estaba triste, solo conmocionado. Al otro lado de la puerta, Marc intentó pedirle perdón, pero el mal ya estaba hecho.

Al cabo de un rato, Jeanne se reunió con Marc en el dormitorio:

—Pero ¿cómo has podido hacer algo así?

—Pensé que sería buena idea.

—¿Buena idea? ¿Regalarle un libro de *Harry Potter* a mi hijo, buena idea? Marc, que te conoces la historia...

—Precisamente por eso... Me dije que era lo mejor que se podía hacer.

—¿Lo mejor que se podía hacer?

—Claro, hay que exorcizar. Hay que dejar de evitar el problema a todas horas. Sabes muy bien que no se puede... Así que mejor lanzarse de cabeza... —continuó Marc, aunque con voz insegura.

Si bien la teoría resultaba verosímil desde el punto de vista intelectual, Jeanne juzgó su puesta en práctica carente de cualquier sensibilidad. Muy trastornada, le pidió a Marc que fuera a hablar con Martin. Hugo refunfuñaba en su rincón: «Ya está bien, ¡que solo es un libro! ¡Qué ganas de fastidiar la Navidad por esa tontería!». Era lo que más le dolía a Martin, que no lo comprendieran, que asociaran su malestar con un capricho. Y eso que la mayor parte del tiempo sufría en silencio, sin incordiar a nadie con su tragedia íntima. Los ánimos se aplacaron al cabo de un rato. Al final, se achacó todo a un desatino, cosas que pasan.

15

Jeanne estaba encantada con el giro que estaba dando su vida profesional. Los franceses seguían con fascinación las elecciones estadounidenses y le encomendaron que viajara a Washington. En Europa, nadie pensaba que Bush hijo pudiera salir reelegido. Para muchos, había sido el peor presidente que había tenido el país; en materia de mediocridad nadie podría superarlo.

—Tú no te preocupes por nada, cielo, que yo puedo cuidar de Martin perfectamente.

—¿Seguro? ¿No te importa?

—Pues claro que no.

—Pero cuando Hugo no esté, no me apetece imponerte...

—Todo va a ir como la seda. Además, Martin es muy autónomo...

Marc no solo tranquilizó a Jeanne, sino que también le quitó el sentimiento de culpa. La actitud comprensiva de su pareja la liberaba de una carga mental que se había multiplicado por diez desde la muerte de John. Podía marcharse con la conciencia tranquila.

Durante esa estancia en el extranjero, adoptó la costumbre de hacer un descanso a media tarde para llamar a Francia. Necesitaba oír la voz de su hijo, aunque él no hablase mucho. Había que arrancarle siempre hasta la anécdota más insignificante sobre su vida en el colegio. Luego se ponía Marc, que era ostensiblemente más locuaz. Con él pasaba al revés: a menudo había que cortarlo en plena disertación sobre tal o cual tema. A veces se molestaba ante la violenta interrupción de su discurso, olvidando que Jeanne estaba en plena jornada laboral. Sin embargo, por extraño que parezca, estas conversaciones unían a la pareja; en ocasiones estrechamos más los lazos en la distancia. Esto marcaba un cambio palpable para Jeanne con respecto a su día a día con John, a quien no le gustaba desvelar nada de sus peripecias íntimas. Comparaba a los dos hombres de su vida, lo más normal del mundo. Era casi seguro que, ante una encrucijada, uno habría tirado a la izquierda y el otro a la derecha. Con Marc se sentía protegida, como si su historia poseyera la potencia de un antídoto para los desastres. Pero había perdido la emocionante inestabilidad de los días con John. Desde luego, lo que ahora vivía era preferible para construir una nueva vida, unos cimientos a salvo de la poesía de las vacilaciones. Porque, sí, barajaba tener otro hijo. Podría fácilmente poner su carrera entre paréntesis durante unos meses. Después ponía en duda su deseo. Amaba a un hombre nuevo y eso la llenaba, ¿qué más quería? Seguramente era un clásico perderse en el laberinto de semejante decisión. Máxime cuando Jeanne estaba viviendo unos acontecimientos dignos de exaltación lejos de su continente. Y puede que sea así como una hace migajas su propia lucidez.

Porque no veía todo lo que estaba pasando. En su descargo, hay que decir que no hubo señales que presagiaran nada. Surgió de forma repentina. Ya en su primera noche a solas los dos, mientras Martin veía la televisión en el salón, Marc se le acercó. Por un instante se quedó de pie mirándolo fijamente, sin mediar palabra; ante su objetivo, afinando el tiro. Por fin expuso, con mucha parsimonia y en voz muy baja, casi inaudible:

—Prefiero que te vayas a tu habitación.

—¿Perdón?

—Que prefiero que te vayas a tu habitación.

—¿A mi habitación?

—Sí.

—¿Cuándo?

—Ahora mismo. Prefiero que te vayas a tu habitación.

—Pero... es que estoy viendo un programa.

—Pues apagas la tele.

—...

—Tengo que hacer unas llamadas de trabajo y necesito tranquilidad.

A Martin le sorprendió el tono frío y expeditivo de su padrastro. Si se hubiera expresado de otra manera, habría podido entender su petición. Pero algo no encajaba. La propia cortesía de la frase, articulada lenta y pausadamente, acentuaba la sensación de una amenaza. Además, a Martin le costaba captar sus intenciones. Marc podría haber telefoneado en paz desde su dormitorio. ¿Por qué necesitaba el salón? Había una especie de deseo de restringirlo. Martin percibió que lo mejor era evitar cualquier discusión. Apagó el televisor y obedeció. Echado en su cama, trató de comprender qué pasaba. Tal vez Marc hubiera tenido un día complicado o hubiera recibido una mala noticia. Los niños se convierten enseguida en desahogos para la frustración. Aun así, algo le resultaba incomprensible en la sucesión de los acontecimientos. El adolescente no oía ni un ruido en el piso; nada que remitiera a llamadas telefónicas en curso. Al final se quedó dormido sin saber muy bien qué pensar.

16

Marc reiteró su petición al día siguiente por otro motivo sin importancia. Nada más terminar de cenar, mandó a Martin a su cuarto. Esta vez, añadió:

—Y no le digas nada a tu madre, ¿de acuerdo? ¿Eh?

—...

—Te estoy hablando.

—Sí, te he oído.

—No te atrevas a irle con el cuento a tu madre. Esto queda entre tú y yo.

El adolescente se quedó inmóvil un momento, conmocionado. Tenía frente a él a un hombre completamente distinto al que creía conocer. Sin embargo, la comida había discurrido sin incidentes. Cada uno había hablado de su jornada; una conversación superficial, sí, pero que en ningún caso presagiaba el vuelco que estaba por producirse. Marc cambió de actitud de buenas a primeras. Un comportamiento errático, en el fondo mucho más terrorífico que una agresividad instaurada. A partir de ese momento, Martin ya nunca más podría prever con qué hombre se las veía; una especie de ruleta rusa del estado de ánimo. Una vez en su dormitorio, intentó quitarle hierro a los hechos, pero ¿acaso era posible? Marc le había pedido a las claras que no le contara nada a su madre, lo que delataba que era consciente del carácter ilícito o reprochable de su actitud. Puede que fuera su concepción de la educación... No, Martin veía cómo actuaba con su propio hijo y era todo lo contrario. Se podía decir incluso que manifestaba cierta falta de autoridad con Hugo, que le dejaba hacer lo que le diera la gana. ¿Entonces? ¿Qué pasaba? Tal vez debería haberse indignado, rebelarse: «No, no entiendo por qué me tengo que ir a mi cuarto». También habría podido amenazar con contarlo todo. Pero no diría nada. Por miedo, probablemente, y también por otro motivo: veía a su madre realizada. No quería estropear lo que ella estaba viviendo. La situación amenazaba con convertirse en una ecuación insostenible. ¿Debía pagar él con su desdicha la felicidad de su madre?

Al día siguiente fue peor. Marc ordenó directamente a Martin que se fuera a cenar a su habitación. No quería ni verlo ni oírlo. El maltrato se resumía, de momento, en un confinamiento geográfico. En delimitar el territorio, como hacen los cazadores que acechan a los animales. Antes de quedarse dormido, Martin se acordó de las navidades. Le pareció entonces obvio que el regalo había sido una perversidad disfrazada de torpeza. Pero ¿por qué? ¿Con qué objetivo? ¿Llevarlo al límite para librarse de él, mandarlo a un internado? Era incomprensible. Como suele pasar en estos casos, en vez de cuestionarse el equilibrio mental de su agresor, Martin empezó más bien a dudar de sí mismo. ¿Había hecho algo mal? Por fuerza. No había otra explicación. Una ilógica culpabilidad se adueñó de él. Tal vez su fobia a *Harry Potter* lo había convertido en una persona insoportable. Sin embargo, tenía la sensación de no estorbarle a nadie, aunque seguramente se equivocaba. Todo debía de ser por su culpa.

17

Cuando Jeanne regresó, se reanudó la comedia de la normalidad. La familia reconstituida cenaba en una atmósfera alegre. Marc lanzaba de vez en cuando miradas amenazadoras a Martin y el adolescente agachaba la cabeza. Solo tenía ánimo para una cosa: encerrarse en su habitación. Las consecuencias no se hicieron esperar. Las notas del colegio cayeron en picado, Martin perdió peso. Su madre, intranquila, quiso pedirle de nuevo una cita con un psicólogo, pero él se negó con la excusa de que la primera experiencia no había sido ningún éxito. Martin tenía la esperanza de que las cosas se arreglaran, pero, en primavera, Jeanne anunció un nuevo reportaje de una semana. En vista del estado de fragilidad que percibía en su hijo, dudó si irse o no, antes de desestimar del todo su inquietud. No podía, simple y llanamente. Renunciar en aquel momento era correr el riesgo de que otro le comiera el terreno. Y si algo no faltaba en la revista eran ambiciosos. De modo que, para tranquilizarse un poco, o para eliminar la mala conciencia, restó importancia a lo que sentía. La reciente actitud de Martin se debía a una crisis de adolescencia, todo el mundo pasaba por ese trance, sufrir un poco a esa edad no era nada excepcional.

Además, las palabras tranquilizadoras de Marc reforzaron su decisión:

—Es normal. Uno siempre se encierra un poco en sí mismo con catorce o quince años.

—No. Mira a tu hijo, que es un vivales.

—Hugo es un chico menos torturado, desde luego. Pero es, sobre todo, más inmaduro. Martin ha crecido muy rápido con todo lo que ha vivido. Puede que tú veas la parte negativa, pero yo creo que es muy sensible y muy perspicaz.

—¿Tú crees?

—Sí. Hablamos mucho cuando no estás. Tiene muchos recursos, hazme caso...

—¿En serio? ¿Contigo habla?

—Pues claro.

—¿Y qué os contáis?

—Tenemos nuestros secretitos... —zanjó Marc con una sonrisa que a Jeanne le devolvió un poco la suya.

Esa noche fue al cuarto de su hijo. Al dirigirse hacia la cama, se acordó fugazmente de la infancia de Martin. Todo le parecía muy cercano aún; se veía meciéndolo, contándole cuentos, consolándolo de sus penas. Una vez sentada junto a él, dijo con un hilo de voz: «Solo me voy una semana, vida mía. Pasará rápido...». Le dio un beso en la frente y apagó la luz.

18

Los días iban a volverse interminables. Esta vez, Hugo estaba presente. A Martin le pareció que había cambiado desde la semana anterior. Había engordado, estaba casi rosa y el pelo le caía sobre la cara. Le recordaba a alguien, pero ¿a quién? De repente, la imagen le saltó a la vista. Era la viva imagen de Dudley, el primo tiránico y vulgar de Harry Potter, personaje que J. K. Rowling describía en el primer volumen como «un cerdo con peluca». Era evidente que se había establecido una especie de extraña similitud.

Podría haber sido un pensamiento anodino, pero vino a sumarse a una sucesión de elementos desestabilizadores. Desde el fracaso en el casting, la vida de Martin estaba atravesada por la inquietud y la soledad, al igual que la de Harry antes de que se incorporase a Hogwarts. Además, lo habían abordado para decirle que se parecía a Daniel Radcliffe. Por último, le perturbaba una barbaridad el hecho de haber perdido a su padre, de haber quedado huérfano. No había perdido a sus dos progenitores, de acuerdo, pero la amputación afectiva era del mismo orden. Y ahora, hete aquí que lo maltrataban, igualito que a Harry cuando vivía bajo la tiranía de su tío y su tía.

*

Esa misma noche, Martin formuló claramente su sentir: «Me estoy convirtiendo en Harry Potter».

*

¿Era posible encarnar a un personaje de ficción en la realidad? Martin empezaba a creer que sí. Se había quedado a las puertas del papel, pues contaba con todas las cualidades para encarnar a Harry. Y por fin lo conseguía, pero en la vida real. Entonces le dio por pensar: «¿Y si me leo los demás tomos para saber qué va a ser de mí ahora?». Todo el arranque coincidía a la perfección. Vernon y Petunia Dursley dejaban que su sobrino se pudriera debajo de una escalera. Y eso que había otra habitación disponible en casa. Pero su hijo, Dudley, necesitaba dos: una para dormir, otra para almacenar sus juguetes. A Martin también lo habían restringido, no a un armario, desde luego, pero sí a una zona muy limitada del piso. Y Martin comprendió que aquello no era más que el comienzo. La presión malintencionada no haría sino aumentar.

Al igual que Dudley con Harry, Hugo empezó a atacar a Martin. En ausencia de Jeanne, se permitía barbaridades. A decir verdad, él también estaba manipulado por su padre. Marc le decía a su hijo: «Anda, ven, vamos a darle un poco la lata... ¡Hay que saber reírse de uno mismo!». No vacilaban en dejar por ahí tirado algún libro de J. K. Rowling y se pasaban las cenas comentando las aventuras de Hogwarts. Martin se levantaba de la mesa y se refugiaba en su habitación. «¡Mira que es susceptible!», oía. Hundía la cabeza debajo de la almohada para intentar atenuar el sonido de tan pérfidas palabras. Le habría gustado ser más fuerte, mostrarse impasible frente a aquel par de monstruos risueños, pero no podía. Cualquier alusión a *Harry Potter* lo violentaba. Para ellos era fácil, un chivo expiatorio con un punto flaco tan evidente. Ofrecía su sufrimiento en bandeja de plata.

En la biblioteca de su centro escolar, Martin sacó prestado un libro sobre el acoso. Leyendo los testimonios de las víctimas que, como él, se sentían culpables, reconoció su propia experiencia. Tenía que dejar de pensar que todo era culpa suya. Lo más importante ahora era reunir el valor necesario para contárselo a su madre.

Sí, eso era lo que debía hacer, sin temor a las represalias. Se lo explicaría todo y ella reaccionaría de inmediato. Hecha una furia, le pediría a ese enfermo mental que recogiera sus cosas y se largara. Todo terminaría y ellos reanudarían su vida de antes. Martin imaginaba sin cesar aquella confesión que supondría una liberación; se sabía de memoria cada frase, cada coma, cada respiración. Sin embargo, cuando su madre volvió del viaje, Martin fue incapaz de articular palabra. No ya por no acabar con su felicidad, sino más bien por algo muy parecido a la vergüenza. Sí, se sentía tan avergonzado que no conseguía hablar. Además, el regreso de Jeanne marcaba el final del acoso. En cuanto entraba por la puerta, el infierno se esfumaba. Y se restablecía el paraíso de pacotilla.

19

En mayo arrancó la intensiva campaña de marketing previa al estreno de la tercera película de la saga, *Harry Potter y el prisionero de Azkaban*. Esta vez ya no estaba al frente Chris Columbus, sino Alfonso Cuarón. La propia J. K. Rowling había sugerido su nombre a los productores porque le habían gustado mucho *Y tu mamá también* y su manera de dirigir a adolescentes en *La princesita*. Años después, afirmaría en una entrevista que la tercera era su película favorita. Ya desde la aparición de las primeras imágenes se percibía una especie de gradación en la excitación. Se entraba realmente en la dimensión oscura de la historia, una dimensión que no haría más que aumentar. Martin veía en ello un eco de su tragedia íntima. Los dementores, potencias destructoras de la belleza y de los recuerdos felices, lo rondaban en su propia casa. Había algo de Voldemort en Marc. A través de esas fuerzas del mal, J. K. Rowling plasmaba su propio sufrimiento, el que había experimentado durante el largo deterioro de su madre. También en ese punto se veía identificado Martin. El cáncer, encarnación maléfica, había vencido a su padre.

Todo, realidad y ficción, se confundía en su cabeza. Martin estaba perdiendo pie y las incesantes incursiones de *Harry Potter* le impedían sistemáticamente sacar la cabeza del agua. Esta vez se le antojaba todavía más difícil que de costumbre. El estreno inminente de la película, el 2 de junio de 2004, no podía pasarle desapercibido a nadie. En Francia, cada una de las primeras entregas había rozado los diez millones de localidades vendidas. Era probable que la hazaña se repitiera; aquellas cifras representaban el equivalente de un francés de cada siete; y todos los adolescentes acudirían a verla, eso seguro. Para Martin era un período demasiado doloroso. Le seguía resultando imposible no imaginarse ocupando el lugar de Daniel Radcliffe. Suplicó a su madre que le diera permiso para no ir al colegio durante dos semanas.

En un primer momento, Jeanne intentó hacerlo entrar en razón; la petición era tan excesiva como inconcebible. Sufría ya al ver que su hijo no tenía amigos; quedarse en casa marcaba claramente una etapa más. Pero Martin nunca había sido un niño caprichoso; el ruego se desprendía de una necesidad. Al final, desconcertada, se resolvió a ceder a las súplicas. Naturalmente, no podría dar una explicación sincera al director del colegio. No se veía afirmando: «Martin no puede ir a clase ahora mismo porque está a punto de salir una nueva entrega de *Harry Potter*...». Así que Jeanne puso como excusa un frágil estado de salud que requería reposo.

De esta manera, Martin pasaría dos semanas solo en casa. Su único temor era que Marc pidiera días libres y se quedara con él. Por suerte, eso no ocurrió. Su madre lo llamaba cada dos por tres y Martin la tranquilizaba. Había tomado la decisión correcta, la de encerrarse a cal y canto durante las campañas intensivas de marketing. A pesar de que a Jeanne la petición le había parecido excesiva en un primer momento, ahora comprendía a su hijo. No solo veía carteles por todo París, sino que había cantidad de productos que promocionaban también el filme. Por ejemplo, un día compró un tubo de pasta de dientes Colgate sin darse cuenta de que la marca era patrocinadora. Menos mal que se percató en el último momento y pudo tirar el producto antes de que su hijo lo usara. Hasta cepillarse los dientes se complicaba... Martin, por su parte, se mantenía al margen de los medios: ni radio, ni prensa, ni por supuesto televisión. No le faltaba razón. Uno se topaba constantemente con los actores hablando de su vida trepidante. Explicar la magia de la aventura era tan importante como ponderar la calidad del largometraje. Contribuía a la narración del éxtasis. Daniel Radcliffe había llegado a declarar que «rodar pelis es el terreno de juego más grande que uno pueda imaginar...». Todos los niños del mundo soñaban con estar en su pellejo, pero ¿qué pasaba con el que casi casi lo estuvo?

20

Por desgracia, la energía que invertía Martin en rehuir la actualidad sufría un sabotaje constante. Cuando Hugo volvía del colegio, iba derechito a su cuarto para contarle tal o cual anécdota. Por ejemplo, acababa de ver un reportaje sobre la histeria de los preestrenos en Corea del Sur:

—¡Es una locura! ¡Parecen estrellas del rock!

—...

—La gente grita sus nombres, las niñas se desmayan. ¡Es muy fuerte lo que están viviendo!

—...

—Comprendo perfectamente que te repugne...

Martin lo rechazaba, soñando con bloquear el acceso a su habitación para no tener que aguantar más aquellas intrusiones malintencionadas, pero era imposible. Marc había quitado la llave, por considerar que los niños no tenían por qué encerrarse. Así, todo quisque podía invadir su perímetro cuando le viniera en gana; el acoso ya no conocía fronteras.

La tarde del jueves de la segunda semana, Jeanne llamó para avisar de que tendría que quedarse hasta tarde en el trabajo. Instantáneamente, Martin tuvo la intuición de que pagaría caro aquel contratiempo. No se equivocó. Marc entró en su dormitorio:

—Ya podrías haber puesto la mesa, ¿no? Encima de que no das un palo al agua en todo el día...

—...

—Qué socorrido es tu Harry Potter. En la vida había visto una excusa tan cutre.

El adolescente se encaminó a la cocina y obedeció. Aquella noche, Hugo y Marc decidieron sin más ni más rebautizarlo como Harry. Durante toda la cena, alternaron los «¿Me pasas la sal, Harry?» con preguntas como «¿Qué tal todo, Harry? ¿Cómo se ha dado hoy el día en Hogwarts?». Reían burlones, orgullosos de sus lamentables salidas. Martin era incapaz de entender aquella lógica; sufría los golpes en un estado parecido al estupor. Lamentaba no ser capaz de adoptar la actitud flemática de Harry Potter cuando se enfrentaba a la violencia verbal de sus tíos. Acababa de ponerse de pie para volver a su cuarto cuando Marc se lo impidió con sequedad: «¡Tú de aquí no te mueves! ¡No hemos acabado!». El tono había cambiado radicalmente. Ya no se percibía ni rastro del presunto humor. Ni siquiera Hugo parecía pillar de qué iba la cosa. Martin se quedó mirando su plato, sin moverse. Se hizo un silencio, pero había que dar el golpe de gracia, rematar la faena, así que Marc dijo con un suspiro: «No te mueves, no dices nada, es increíble, te comportas exactamente igual que tu padre...».

El verdugo sabía perfectamente que se había pasado de la raya. Acababa de tocar la fibra más sensible del chico. Tras un instante necesario para admitir la realidad de tamaño ataque, Martin se puso a gritar varias veces: «¡Ya basta! ¡Ya basta! ¡Ya basta!». Y le dio un empujón a Hugo. Este último se cayó de la silla y se dio un coscorrón contra el suelo. Nada parecía poder detener la furia de Martin. Marc se levantó no para socorrer a su hijo, sino para abofetear al adolescente. Un bofetón seco y violento. Martin lo fulminó con la mirada y salió de la cocina. Hugo se puso de pie sin decir nada y recibió el consuelo de su padre: «¡Este niño está totalmente histérico!», añadió con voz poco convincente pese a todo. Sabía que Jeanne estaba a punto de llegar y que la cosa podía traer cola.

Martin se examinaba la mejilla colorada ante el espejo del cuarto de baño. La huella era inequívoca. Se lo contaría todo a su madre. Sí, se acabó el silencio. ¿Era capaz Marc de leerle el pensamiento? De pronto se acercó haciendo gala de una actitud en apariencia radicalmente distinta. Cogió una manopla de baño y la mojó antes de dársela a Martin.

—Toma, pásatela por la cara. Es agua fría.

—No.

—¿No qué?

—No quiero.

—¿Por qué? Te sentará bien...

—Quiero conservar la marca. Quiero que mi madre la vea.

—Yo de ti no haría eso. Coge la manopla, te digo.

—...

—Como no lo hagas tú, tendré que hacerlo yo por la fuerza...

Por primera vez, Martin tuvo miedo de verdad. Estaba lívido, el corazón le latía desbocado. Marc notó que la situación se le iba de las manos. Había sido superior a él. Sabía de dónde le venía ese gusto por la violencia, esa perversidad que le provocaba una descarga de adrenalina, pero de pronto se daba cuenta de que estaba jugando a un juego peligroso. Tenía que enmendar la situación, y rápido:

—Sabes muy bien que no quería hacerte daño. Pero es que has empujado a Hugo... Has empezado tú...

—¿Y lo que has dicho sobre mi padre?

—No tendrías que habértelo tomado a mal. Te prometo que no era un comentario negativo. Tu padre era un artista, un soñador. Tu madre me lo dice desde siempre. Siento una gran admiración por él. Solo te decía que en ese momento estabas en tu mundo...

—...

—Si lo has interpretado así, lo siento mucho.

—...

—Yo te quiero como si fueras hijo mío, ¿sabes?

—¿Entonces por qué me llamáis Harry?

—Es puro humor. En mi familia siempre hemos sido así. Nos chinchamos, pero sin maldad.

—Pues no tiene ninguna gracia.

—De nuevo te pido perdón si te he ofendido. Te prometo que no lo haremos más. La verdad, pensaba que algo así te ayudaría a desdramatizar. Pero ya veo que no ha funcionado...

—...

—Vamos a olvidar esta noche, ¿te parece?

Mientras hablaba, Marc lanzaba ojeadas a su reloj. Jeanne estaba a punto de volver. Había que calmar las aguas rápidamente. Martin estaba perdido. Las palabras que oía le parecían sinceras, pero no podía evitar que le repugnara aquella ternura tan repentina. Marc añadió unas pocas frases acerca de la armonía de su relación con Jeanne, una felicidad que no convenía perturbar con el relato de esa velada fallida. Conque así veía Marc lo que acababa de ocurrir: una velada fallida. Le había apretado las clavijas, lo había humillado, había insultado la memoria de su padre simplemente en nombre del humor y la desdramatización. Marc atacó de nuevo: «Piensa en tu madre...». Y en ese preciso instante se oyó el ruido de la llave en el bombín. Al cabo de unos segundos, Jeanne entró en el baño y quiso saber en cuanto descubrió la marca en la mejilla de su hijo:

—¿Qué ha pasado?

—Nada, amor mío. Los chicos se han peleado, cosas que pasan —respondió Marc.

—¿Ah, sí? ¿Y a santo de qué?

—Bah, ni lo sé. No les he dado coba. He mandado a Hugo a su habitación...

El adolescente no dijo nada. Su madre se le acercó: «¿Estás bien, vida mía?». Jeanne le hizo una seña a Marc para que los dejara solos. Él se marchó lanzando una última mirada amenazante a Martin. Una vez a solas con su madre, el chico se quedó mudo, como en estado de *shock*. Jeanne le pidió varias veces que le contara todo, pero no había nada que hacer, Martin no abría la boca. Tardó un rato aún en poder contestar por fin: «No ha sido nada».

21

Jeanne estaba intranquila. Su hijo había dejado de ir al colegio, estaba cada vez más encerrado en sí mismo, a veces le costaba expresarse; y hete aquí que ahora se peleaba con Hugo. Tenía muchas esperanzas puestas en el siguiente verano para sacarlos de la rutina. Esa misma noche, un poco más tarde, en el momento de darle las buenas noches, Jeanne le propuso a Martin que hicieran un viaje a Grecia los dos. A él le pareció buena idea, pero se limitó a manifestar su entusiasmo con palabras contadas. Jeanne se fijó entonces en una caja que había encima del escritorio de su hijo, una caja que ella no conocía. Para alargar la conversación antes de dejarlo dormir, le preguntó:

—¿Qué guardas ahí?

—Papel de aluminio —respondió Martin.

—Anda. ¿Y eso por qué?

—Son los papeles con los que papá me envolvía los bocatas. Cuando cogía el tren para venir a verte...

—¿Los has conservado?

—Sí.

—Pero... es...

A decir verdad, a Jeanne le faltaban las palabras. Le pareció un gesto precioso. Martin nunca le había hablado de aquella colección emocional. Se sintió catapultada al borde de las lágrimas. Qué humanidad la de su hijo.

22

Las cosas cambiaron radicalmente. Marc volvió a mostrarse simpático y Hugo siguió su estela. Este último, como es natural, actuaba condicionado por su padre: «Tenemos que parar. No le hace ni pizca de gracia...». En el fondo, era un alivio para él. Le agradaba recuperar la complicidad con quien consideraba su medio hermano y se prometió no volver a sacar a colación el tema que tanto lo mortificaba. Aquella tregua no quitaba para que Martin se mantuviera alerta; el miedo seguía revolviéndole la tripa cada vez que se quedaba a solas con Marc. Todo podía volver a empezar. Tal vez sea ese el mayor triunfo de un agresor: provocar un terror sordo sin tener que hacer nada.

Por el bienestar de su madre, Martin estaba dispuesto a vivir con aquella espada de Damocles sobre su cabeza. De manera inconsciente, tenía la sensación de que a su padre lo había matado la tristeza. De ahí que dejara a Jeanne nadar en su felicidad sin sospechar que eran aguas turbulentas. Una felicidad que manaba igualmente del regreso de su hijo al colegio. Haciendo honor a su compromiso, Martin había vuelto a las clases al término de las dos semanas de ausencia. Incluso había fingido alegrarse de reencontrarse con algunos compañeros. A veces publicitaba la versión positiva de su vida con tal de tranquilizar a su madre. Pero su existencia seguía siendo complicada. En tan solo dos semanas, *Harry Potter y el prisionero de Azkaban* había tenido más de cuatro millones de espectadores, un resultado apabullante. Sin embargo, si había temido que aquel fuera el tema más comentado de todo el alumnado, se había agobiado sin motivo. La fiebre había remitido y todo el mundo prefería hablar de sus planes para las vacaciones. Por otro lado, a Martin le conmovió el recibimiento que le habían dispensado. Todo el mundo fue encantador. Tanto sus compañeros como sus profesores pensaban que había tenido que pasarle algo muy grave para faltar a clase durante dos semanas. Le preguntaban por los motivos de su ausencia, pero él respondía con evasivas. Su silencio fascinaba incluso a algunos alumnos. Quien deseara ser popular podía extraer una lección de aquello: a los calladitos se les atribuyen historias increíbles.

Al notar tantas atenciones a su alrededor, Martin casi tenía la impresión de ser Harry en el momento de su llegada a Hogwarts. Todo el mundo quería arrimarse al célebre mago que Voldemort no había conseguido matar. A pesar de todo, Martin seguía siendo un chico muy solitario. A decir verdad, su destino se desplegaba en oposición al de Daniel Radcliffe. El actor debía de llevar una existencia intensa, compuesta de encuentros perpetuos, viajes y alegrías. Su día a día debía de tener la riqueza de dos vidas. Martin, en cambio, reducía la suya a la nada. El casting había catapultado a los dos chicos a un desequilibrio fulminante.

En esto ocupaba Martin sus pensamientos mientras volvía del colegio cuando un hombre le entregó una octavilla en el metro:

Visiblemente, era el hechicero en persona quien se pateaba los trenes. Llevaba un montón de collares y un anillo en cada dedo. Un verdadero Dumbledore de la línea 12. Tal vez dijera la verdad, tal vez ese hombre tuviera una solución para su problema. Curiosamente, Martin no pensó en combatir a Marc. Su mente se precipitó de inmediato hacia *Harry Potter*. Esa era su obsesión, ahí residía su deseo de que alguien acudiera en su ayuda *persiguiendo sin piedad* el mal. Pero ¿cómo hacerlo? ¿Tendría que clavar agujas a un muñeco con la efigie de Daniel Radcliffe? Así quizá el actor enfermaría... No, no, él no quería hacerle daño. ¿Entonces? Tenía que haber una solución intermedia. El profesor podría hechizarlo... para que no fuera capaz de actuar. Sí, eso ya era otra cosa. Transformar a Daniel Radcliffe en un actor pésimo. Sería una catástrofe, cundiría el pánico en la Warner. Se acabó dar el tono justo, ya solo gestos cargados de artificio. No les quedaría más remedio que recurrir a él para que lo sustituyera. Así fue como Martin, por espacio de unas pocas estaciones y de una ensoñación en el universo del vudú, se vio ocupando el lugar de Daniel Radcliffe. Al salir de la boca de metro, hizo una bola con el pasquín y lo tiró a una papelera.

23

Se anunciaba el verano. El 5 de julio de 2004, nada más aterrizar en Grecia, Martin y su madre se vieron de nuevo envueltos en un fenómeno de histeria colectiva, solo que esta vez sin relación con *Harry Potter*. La selección nacional de fútbol acababa de ganar la Eurocopa. Por primera vez en su historia. Qué extraña sensación la de ir a buscar calma y serenidad a un lugar remoto y encontrarse en medio de una discoteca gigantesca. Por suerte, desde Atenas cogieron el ferri para llegar a la isla de Santorini, con sus playas de arena negra. En esta ocasión, Martin se inició en el arte del buceo en apnea. Al igual que el año anterior en Groenlandia, parecía irremediablemente atraído por todo lo que pudiera permitirle escapar del mundo. En las profundidades, experimentaba la paradójica sensación de elevarse. Por las noches, cenaban en las terrazas de restaurantes pequeños y encantadores, pescado y berenjenas; la postal era tan perfecta que se oía a lo lejos a alguien tocando el buzuki. Jeanne no contemplaba los pasmosos paisajes, sino la cara de su hijo, sosegada al fin. Era eso lo que había ido a buscar.

En agosto, se reunieron con Marc y Hugo. A Martin le agobiaba el reencuentro, pero todo fue bastante bien. Su padrastro sacó tiempo para volver a pedirle disculpas, achacando su actitud al estrés y a la falta de lucidez. Para sellar la reconciliación, incluso le regaló un minilector de DVD portátil para que pudiera seguir viendo películas durante el verano. Jeanne y Marc habían alquilado una casa preciosa en el Luberon. Al llegar allí, se quedaron maravillados con el encanto del lugar y el inmenso jardín. Vencían al calor precipitándose a la orilla del río, que pasaba muy cerca. Los chicos construyeron incluso una especie de balsa que les permitía abandonarse en medio del frescor. Los adultos, mientras, hacían el amor en su dormitorio bajo una mosquitera improvisada. Así discurrieron las vacaciones, a un ritmo indoloro y lento. Por las noches, se echaban en la hierba para observar las estrellas; cada uno se dejaba llevar por sus ensoñaciones. Martin vivió un verano plácido y, aunque sufría con regularidad, por primera vez pensó que el día menos pensado podría hallar la felicidad. Le apetecía creer que sí. Por otra parte, no se anunciaba película nueva próximamente y se hablaba de julio de 2005 para la publicación de la novela *Harry Potter y el misterio del príncipe*. Eso le dejaba margen para respirar.

<h2 style="text-align:center">24</h2>

A finales de agosto, días antes de la vuelta a las clases, Marc propuso hacer una última barbacoa, esta vez en el balcón de casa. A Jeanne le pareció una idea *magnífica*. A veces exageraba su entusiasmo para suscitar el de su hijo. Pero tanto Hugo como Martin recibieron encantados la propuesta, que alargaba un poco más el sabor de las vacaciones. Jeanne preparó una ensalada griega en homenaje al arranque de su verano. La barbacoa era una instalación sofisticada, con dos alturas. Las chuletillas de cordero arriba, las patatas abajo. Aunque faltaban la noche estrellada y las chicharras, el momento se anunciaba la mar de agradable.

—¡Venid a comer, que esto ya casi está! —exclamó Marc como si el hecho de subir la voz le confiriera automáticamente el estatus de cocinero competente. Los adolescentes acudieron corriendo al balcón mientras Jeanne disponía los condimentos en una bandeja. Fue entonces cuando Marc se dirigió a Martin:

—Menos mal que tenías papel de aluminio en tu habitación.

—...

—Se me olvidó por completo comprar un rollo, no habría podido asar las patatas si no...

Naturalmente, Marc sabía del valor afectivo que tenían aquellos trozos de papel. Dos meses antes, justo después del episodio de la disputa entre los chicos, Jeanne le contó lo que acababa de descubrir: «Qué encanto... Martin ha guardado un recuerdo de todos los bocadillos que le preparaba su padre...». Marc fingió cierta emoción y recalcó la hermosa sensibilidad del niño. No podía haberlo olvidado. Además, la manera en que había anunciado el malintencionado acto no dejaba lugar a dudas. Había esperado a que Jeanne estuviera pendiente de otra cosa. Al ver sus recuerdos quemados, Martin empezó a asfixiarse. Los vestigios del amor paterno. Tan intenso era su sufrimiento que no acertaba a moverse. El ataque había sido tanto más violento cuanto que él había bajado la guardia en los últimos tiempos. Y hete aquí que el odio resurgía de repente, agarrándolo por la nuca con violencia. Habría querido reaccionar: «Pero ¿por qué? ¿Por qué has hecho eso?». ¿Existía acaso justificación para semejante salvajada? Después del libro como regalo de Navidad y el insulto a la memoria de su padre, ahora padecía el saqueo de lo más valioso que tenía en el mundo. Veía las láminas de aluminio arder como si fuera su propio cuerpo el que se consumía.

De repente, Martin empuñó el tenedor de la barbacoa y se lo clavó a Marc en el brazo. Este último soltó un grito de dolor. Jeanne acudió corriendo y se precipitó sobre el accidentado, que estaba sangrando mucho; la herida era enorme. Marc se dirigió al cuarto de baño para hacerse un torniquete y detener la hemorragia, a la vez que vociferaba: «¡Se ha vuelto totalmente loco!». Hugo, conmocionado, fue detrás de su padre. Al cabo de un momento de estupefacción, Jeanne volvió en sí. Se arrodilló delante de su postrado hijo y sollozó: «Pero ¿qué has hecho? ¿Qué has hecho?». Repitió infatigablemente aquella pregunta, como si solo una acumulación verbal pudiera volver comprensible lo que acababa de pasar. Pero su hijo no contestaba, parecía poseído. Al final, le soltó una torta; siempre había visto en las películas ese gesto para que el otro volviera a la realidad. Pero de nada sirvió. Al contrario, Martin se tiró al suelo y empezó a rodar, como un demente.

Marc se fue al hospital con su hijo en un taxi. En vista de los acontecimientos, no se había acordado de apagar la barbacoa. Un olor a quemado invadía ahora el salón; era asfixiante. Jeanne estaba perdida. Su hijo no volvía en sí. Ahora estaba mascullando palabras incomprensibles. Presa del pánico, al fin decidió llamar a emergencias. Seguramente, una inyección o unos sedantes lo tranquilizarían. Veinte minutos más tarde, dos sanitarios entraron en el piso. Cuando Martin los vio, su confusión se acentuó. Revivió la caída de su padre en la tienda de comestibles. El sufrimiento lo sumía en un estado de estupor, sin brindarle siquiera el alivio de la inconsciencia. Cuando los dos hombres se acercaron a él, opuso resistencia. No quedaba otra: tenían que llevárselo.

Jeanne le agarraba la mano a su hijo en la ambulancia. Observaba sus ojos sin reconocerlos. Iban camino del servicio de urgencias psiquiátricas. Durante el trayecto, después de que le pusieran una inyección, Martin se amodorró. Como estaban a finales de agosto, no había apenas tráfico. En cuestión de pocos minutos llegaron al hospital Pitié-Salpêtrière. Transportaron a Martin en una camilla hasta la recepción. A su lado, su madre caminaba como una autómata. Antes de traspasar el umbral, el adolescente abrió por fin los ojos, justo a tiempo para leer la inscripción:

HOSPITAL PSIQUIÁTRICO

Como veía borroso, distinguió solo las mayúsculas;
las mismas que habitualmente resumen aquel destino:

H. P.

Eso fue lo que Martin vio: H. P.
Una última señal.
Para él, H. P. solo podía significar una cosa:

HARRY POTTER

Tercera parte

1

Habida cuenta de la gravedad de su estado psíquico, el interno de guardia le asignó una cama en la unidad Simon. Martin se descubrió, acompañado de una docena de adolescentes, en un centro cerrado. Había lastimado a Marc en un brazo, pero bien podría haber podido apuntar al abdomen o a un pulmón. Jeanne, conmocionada, acusaba para colmo el dolor de no poder ver a su hijo, pues en un primer momento las visitas no estaban autorizadas. Al cabo de dos días, por fin la recibió la doctora Namouzian, una de las responsables del servicio. En la placa que llevaba prendida de la bata se leía también su nombre de pila: Nathalie. Jeanne se agarró a aquel nombre como a la primera señal de humanidad que encontraba en aquel lugar desde hacía cuarenta y ocho horas.

La entrevista entre las dos mujeres duró un rato largo a pesar del cansancio de Jeanne. Esta última aludió al trauma vinculado a la muerte de John y a la sensación de fracaso que su hijo no se sacudía desde un casting doloroso. La psicóloga escuchaba con compasión el relato de aquella madre perdida. Estaba acostumbrada a momentos así. Anotó «Harry Potter» en su cuaderno. El nombre le sonaba de algo, claro está, pero poco más. Ella era más de Rohmer que de Potter. Resultaba por tanto posible vivir ajeno al fenómeno. Su primera sensación era sencilla: poco importaban las causas y las condi-

ciones de un rechazo, jamás había que minimizarlas.
Ella sabía perfectamente que una persona podía morir
por no ser deseada, valorada, elegida. A Jeanne la abru-
mó la emoción; se sentía escuchada y apoyada. Pero seguía sin disponer de elementos que le permitieran comprender el gesto de su hijo.

—¿Qué relación mantienen Martin y su padrastro?
—preguntó con total naturalidad la psicóloga.

—Se llevan fenomenal. Acabamos de pasar unas vacaciones maravillosas...

—¿Ha habido alguna señal de tensión entre ellos en
el pasado?

—No, nunca.

—¿Cómo se ha tomado su pareja la agresión de la
que ha sido víctima?

—...

*

Al salir del hospital, dos días antes, Marc volvió a
casa con el brazo vendado. La herida le había provocado
una hemorragia seria, pero no dejaba de ser superficial.
Ningún nervio había quedado dañado. Era la única nota
positiva del concierto. Jeanne le preguntó de nuevo a
Marc por las circunstancias del drama, pero él se mostraba tan desconcertado como ella:

—Sinceramente, me parece incomprensible. Se abalanzó sobre mí de buenas a primeras...

—Tiene que haber una razón. Uno no reacciona así
sin motivo.

—Pues ya ves que sí.

—¿Y Hugo? ¿No diría él algo?

—No, él estaba tranquilo, a sus cosas. Yo también
estoy conmocionado. Fue como si de repente se convir-
tiera en otra persona...

—...

—Mira, no te lo he querido decir antes, pero...

—¿Qué pasa?

—Creo que la movida de *Harry Potter* lo ha vuelto un poco majara.

—Martin no está loco. No digas eso.

—Ya, bueno... Se negó a ir al colegio cuando estrenaron la película. ¿A ti eso te parece normal?

—...

—Solo te estoy diciendo que cada vez manifiesta un comportamiento más extraño.

—Pero siempre me has dicho que te parecía un chico sensible... Era algo positivo, ¿no?

—Sí, sí, claro. Pero... creo sobre todo que vive en su mundo. No siempre distingue la realidad. Vamos, solo tienes que verme el brazo...

—Ya lo sé... Ya lo sé...

—No pasa nada. Solo necesita que lo traten...

—...

—Le explicaré que no le guardo rencor.

—Gracias. Gracias por estar ahí... —dijo Jeanne con un hilo de voz, acurrucándose contra el hombre que amaba.

*

Jeanne relató esta conversación y el punto de vista de Marc. Instintivamente, Nathalie Namouzian percibió que la mujer que tenía frente a ella no disponía de todos los datos. A menudo, en el contexto de familias reconstituidas, se había encontrado con niños apresuradamente diagnosticados como inestables por un padrastro o una madrastra. Martin no tenía antecedentes psiquiátricos. Su acto de violencia podía estar relacionado con una situación concreta. Aunque el adolescente hubiera ingresado en un estado preocupante, por el momento nada llevaba a determinar un desarreglo psíquico de ninguna clase.

—¿Cuándo podré ver a mi hijo? —preguntó Jeanne, inquieta.

—Dentro de unos días.

—No sabía que a una madre se le podía impedir...

—Es el protocolo. Hay que separar al paciente de su entorno familiar.

—Pero me necesita...

—No me cabe la menor duda. Para serle sincera, tiene usted todos los derechos sobre su hijo. Puede incluso firmar una petición de alta y llevárselo a casa. Pero, a la luz de los elementos que manejo ahora mismo, se lo desaconsejo, y mucho.

—...

—Tal y como están ahora las cosas, creo incluso que Martin podría dirigir esa violencia contra sí mismo.

—Se refiere a que...

—Solo digo que aquí está a salvo.

—...

Jeanne tenía ganas de confiar en aquella mujer. Tenía fe en su perspicacia. Sin embargo, no era una decisión sencilla de tomar. La situación la soliviantaba al máximo. En ese momento, se oyó un alarido en el pasillo y Jeanne se dijo: «Mi hijo está en la casa de los locos». La doctora le propuso que se tomara el tiempo que necesitara para reflexionar y la acomodó en un despacho vacío. La amenaza de un posible suicidio de Martin la rondaba. Quince años atrás había dado a luz en Londres y su vida parecía destinada a la felicidad. Hoy John ya no estaba y su hijo dormía en un centro cerrado gracias a un chute de sedantes. Al final, optó por dejarlo allí y firmó los papeles que validaban el internamiento.

2

Voldemort había eliminado a los padres de Harry Potter, pero no había logrado matar al hijo. Solo le había dejado una marca en la frente, un relámpago indeleble. Aquella señal distintiva indicaba por fuerza un reencuentro futuro, la posibilidad de un último enfrentamiento.

Martin había atacado a su verdugo, pero el perdedor era él. Ahora se encontraba solo en una habitación, sin el más mínimo contacto con el exterior. Las fuerzas del mal seguían destruyendo su vida. Durante buena parte de su primera noche en el hospital, realidad y ficción siguieron confundiéndose en su cabeza. Poco acostumbrado a los medicamentos, Martin se extravió en el laberinto de una fiebre mental. Pero ya a la mañana siguiente estuvo en condiciones de poner orden en sus pensamientos. No se arrepentía de nada. Lo que lo embargaba era más bien un sentimiento de liberación. Jamás lo había atravesado una rabia semejante. Ahora todo sería diferente. Poco importaban las consecuencias, nunca más volvería a convivir con ese hombre. Y tendría la fuerza necesaria para hablar con su madre, para revelarle el acoso del que había sido víctima. Se sentía armado con una energía renovada, seguro de poder acabar con el silencio y el miedo.

En este arrebato de positividad, que cobraba aires de piel nueva, empezó a albergar la esperanza de poder vivir algún día sin que su fracaso lo obsesionara. Tenía motivos para creer que todo podía cambiar: existía una solución en alguna parte. Todavía necesitaría tiempo, pero daría con ella; y sería cuando menos inesperada.

3

Pasó varios días en la unidad de cuidados sin recibir visitas. Daba paseos por el parque, se sentía protegido en aquel entorno. Por las noches, los sedantes lo embrutecían. Pero enseguida le redujeron las dosis. Ya en su primera cita con la psiquiatra, Martin contó muy a las claras lo que había hecho. No tenía ninguna intención de manifestar arrepentimiento, pero reconoció la violencia de su acto. Este rápido regreso a la realidad se vio acentuado por la observación de los demás adolescentes. Saltaba a la vista que él no pintaba nada allí. Algunos habían intentado suicidarse, otros se autolesionaban. Allí se vagaba por la versión más brutal de la aprensión de vivir. Sin embargo, reinaba una calma inmensa en las discusiones. Algunas conversaciones brindaban como una poesía de la grieta. Y el personal era simpático. Por la noche, dos hombres con un marcado acento polaco se encargaban de la vigilancia de los pacientes. Uno podía ir a verlos a cualquier hora, ya fuera para pedir un vaso de agua o para hacer una pregunta existencial; ellos siempre intentaban dar una respuesta a las incertidumbres nocturnas.

Por fin, Martin vio a su madre. Tal y como se había prometido, se lo contó todo durante el primer paseo por el parque. Ella trató de interrumpirlo varias veces preguntándole: «Pero ¿por qué no me dijiste nada? ¿Por qué?». Pero él antes quería llegar hasta el final de su largo relato. Necesitaba poner en palabras hasta el último recoveco de su dolor, liberar totalmente lo que había estado guardándose. Jeanne tuvo que sentarse en un banco, aturdida por la confesión. Antes incluso que la cólera, su sentimiento inicial fue la culpabilidad. ¿Cómo había podido no darse cuenta de nada, dejar sufrir así a su hijo? El propio Martin la consoló. Y se abrazaron, como para paliar mediante el cuerpo la imposibilidad de pronunciar ciertas palabras.

Martin regresó entonces a su habitación. En el momento de abandonar las instalaciones hospitalarias, Jeanne se sintió desfallecer. Entró entonces en un despacho, el mismo donde había tenido que tomar una decisión pocos días antes. La historia se repetía. Podría haber ido directa al trabajo de Marc para insultarlo, pegarle, pedirle explicaciones. Pero no quería oírlas. Cada palabra que Marc pudiera pronunciar la asqueaba de antemano. Por paradójico que pudiera parecer, su cólera era demasiado intensa para poder encarnarse en una confrontación. Había que actuar sin demora, llamar a una empresa de mudanzas y huir inmediatamente. Desde su regreso a Francia solo había vivido en pisos ya amueblados. En menos de una hora podían llevárselo todo. Sí, eso es, eso era lo que había que hacer. Huir, huir de inmediato. Aquella tarde, Marc regresaría a un piso vacío. Jeanne dormiría en casa de una amiga hasta que encontrara otra cosa. Estaba claro que Marc la acosaría con llamadas telefónicas y mensajes; ella no contestaría. Antes de acostarse, se daría una ducha muy caliente y muy larga. Se restregaría una y otra vez; y esa fue la imagen que se formó ante sus ojos aún en el despacho vacío del hospital, la de su cuerpo bajo el agua.

4

A la mañana siguiente, Marc se presentó en las oficinas de *Le Point*. Jeanne bajó a recepción y le explicó que como se atreviera a volver por allí le pondría una denuncia. Fingiendo no entender lo que pasaba, intentó engatusarla. Al ver que era como hablarle a una pared, acabó por vociferar: «Pero ¿se puede saber qué te ha dicho? ¡Me debes al menos una explicación!». Ante el silencio de Jeanne, añadió: «¿Cómo puedes creerte lo que te dice? Sabes perfectamente que no está bien... Quiere separarnos...». En ese momento ella se volvió y le espetó, fusilándolo con la mirada: «No te atrevas nunca más a hablar de mi hijo. Nunca más». Él se quedó boquiabierto y balbució: «Pero... yo no sabía lo del aluminio... Bueno, se me había olvidado... Tienes que creerme... Amor mío...». Jeanne iba ya camino del ascensor cuando Marc la agarró del brazo con violencia: «¡Tienes que creerme!». El guardia jurado acudió a bajarle los humos al agresor y llevarlo a empujones hasta la salida. En el preciso instante en que atravesaba el torno, gritó un patético «¡Te quiero!». Jeanne estaba abochornada, realmente abochornada. Dio las gracias al vigilante de seguridad, pero se quedó aún un rato observando a Marc a través de las cristaleras; se alejó hasta transformarse en un punto, y luego en un puntito de nada. Listo, había desaparecido. Ya no lo veía; al menos, de momento.

Nada más sentarse en su despacho, pensó: menos mal que no he tenido un hijo con él. Cada noche hacían el amor, ella notaba el cuerpo de él contra el suyo, su cuerpo de mentiras. Aquello le provocaría náuseas durante mucho tiempo. Una de sus colegas, que se había enterado de la escenita en el vestíbulo, asomó la cabeza para preguntar si iba todo bien. Jeanne esbozó una sonrisa de circunstancias antes de cerrar con llave la puerta del despacho. Hoy no podría soportar ni una mirada.

5

Tres días más tarde, Martin abandonaba el hospital. Jeanne se limitó a decirle a su hijo que ya no veía nunca más a Marc. Se abstuvo de contar los detalles de la escena del vestíbulo; desde ese mismo momento había que desterrarlo de la narración de sus vidas. En veinticuatro horas, Jeanne había dado con un piso de un dormitorio recién liberado por una abuelita que se trasladaba a una residencia de ancianos. Martin y Jeanne se encontraron de buenas a primeras en un decorado que parecía anclado en los años setenta y cenaron en la cocina, sobre un improbable hule marrón y naranja. Desde el salón se oía un reloj de pared marcar el tiempo con brutalidad, auténtica dictadura de los segundos. En aquella escapada fuera de toda modernidad, la paz parecía de nuevo posible.

Martin y Jeanne reanudaron su relación de fusión a dos bandas, protegiéndose mutuamente. Por supuesto, algunos ratos eran todavía complicados; uno no salía indemne de una historia así. Jeanne evitaba contar que Marc seguía inundándola de mensajes en los que alternaba negación y confesión. Y Martin olvidaba mencionar las pesadillas y los desvelos nocturnos. Para poner distancias con ese contexto a ratos difícil, se marcharon un fin de semana a Londres, tras las huellas de su pasado común. Frente a la tumba de John, los recuerdos afloraron a la superficie de una forma hermosa y delicada. Incluso tuvieron oportunidad de tomar algo con Rose, que esta vez lucía una melena naranja. La chica les anunció su inminente boda; seguramente sería la excusa perfecta para volver a Inglaterra. Aunque Martin había asociado muchas veces a la niñera con su tragedia, ahora ya solo se acordaba de los momentos buenos. A decir verdad, pensaba un poco menos en *Harry Potter*. En cierto modo, los sucesos recientes habían distraído su atención. Al final se preguntó: «¿Tendré que pasar por más dolor para dejar de obcecarme en lo que me hace sufrir tanto?». Al formular esta conjetura esbozaba una leve sonrisa, un atisbo de humor inglés.

6

Hacia finales de octubre, se puso en contacto con Jeanne un periodista británico que tenía el proyecto de escribir un libro sobre la génesis de la aventura de *Harry Potter*, partiendo de las primeras palabras escritas por J. K. Rowling y hasta el rodaje de la película. Peter Taylor, que así se llamaba, se había interesado por la historia del casting y había buscado a aquel *otro chaval* al que aludía Janet Hirshenson. El hombre había dado con Jeanne gracias a un formulario en el que figuraba el nombre de los padres del chico. «Mi hijo no quiere hablar de eso...», replicó ella sin titubear. Pero Peter, muy insistente, se ofreció a acercarse a París para que se conocieran.

Tras mucho dudar por temor a reabrir la herida, finalmente Jeanne le refirió aquella conversación a su hijo. Martin confirmó que no quería rememorar el episodio con nadie. Pero su madre formuló una nueva hipótesis:

—A lo mejor te sentaría bien hablar.

—...

—Y, sobre todo..., te daría un lugar en todo esto.

—¿Un lugar? Pero es que no quiero que piensen en mí como en el fracasado de la historia...

—No fracasaste. Simplemente, eligieron a otra persona.

—Me da igual, no quiero que me citen.

—Perdona, solo era una idea.

—Lo sé, mamá. Pero me pone enfermo no ser capaz de pasar página. Podría decirte que estoy celoso, pero es mucho más que eso.

—¿Y qué es?

—...

—Dímelo.

—A veces me digo que me han robado mi vida.

A Jeanne aquella frase le resultó terriblemente violenta. Intentó que su hijo reconociera que se pasaba un poco. Nunca antes había expresado así lo que sentía, de un modo tan directo. ¿Cómo vivir con la idea de que otra persona ha ocupado nuestro lugar? El sentimiento de atravesar la existencia sentado en una silla plegable. Al final, Martin matizó sus palabras, pero ni hablar de reunirse con el periodista. Jeanne le rogaría a este último que respetara el deseo de su hijo de permanecer en el anonimato. En el libro, aparecería como *el otro chaval* o *el chico que estuvo a punto de ser Harry Potter*. Se quedaría entre líneas.

7

Jeanne decidió no intentar convencer más a su hijo para que hablara. Todo lo contrario, seguiría sus recomendaciones y en adelante evitaría el tema maldito. En términos generales, manejaba a la perfección el arte de escurrir el bulto. Y, por descontado, hasta dejó de pasar la escoba.

El camino del sosiego aún sería largo. Pese a todo, Martin gozaba de una escolaridad más o menos normal, aunque empezó el curso con un mes de retraso. Fiel a su deseo de protegerse, seguía evitando estrechar lazos. Como nunca lo invitaban a ningún sitio los fines de semana, pasaba casi todo su tiempo viendo películas, hasta tal punto que se convirtió en un cinéfilo bastante entendido. A veces, Jeanne entreabría la puerta de su cuarto y lo observaba vivir en su burbuja. Al igual que su padre, nada parecía serenarlo más que esa especie de conversaciones que mantenía consigo mismo. Para quebrar la soledad de su hijo, organizaba cenas de vez en cuando. Jeanne no podía darles a sus invitados instrucciones claras: «¡Pase lo que pase, prohibido hablar de *Harry Potter*!». De modo que invitaba más bien a politólogos apolillados con los que se podía departir sobre Birmania o Ucrania con total tranquilidad. Total, que para entretener a su hijo fomentaba veladas mortales. Dicho lo cual, todos quedaban impresionados ante la cultura de Martin; el chico se expresaba con mucha soltura acerca de los desafíos políticos de nuestro tiempo. Sin saber que él mismo se veía a sí mismo poco menos que condenado por su pasado, le auguraban un gran porvenir.

Y las predicciones resultaron ser acertadas. Al año siguiente aprobó el bachillerato con sobresaliente. Sin embargo, las semanas previas a los exámenes fueron particularmente estresantes. Le habían soplado que podían caer temas de filosofía relacionados con *Harry Potter*. En algunas academias habían pedido a los alumnos que se prepararan el siguiente enunciado: «¿Es sartriana J. K. Rowling?». La pregunta iba acompañada de un texto que hablaba del sombrero seleccionador que se utilizaba durante la ceremonia para asignar casa a los alumnos de Hogwarts. ¿Podía esta dimensión del azar en nuestras decisiones ser una alusión al célebre pensamiento del filósofo «La existencia precede a la esencia»? Para Martin habría sido fatal que le tocara un tema así. En cualquier momento, hasta cuando menos se lo esperaba, podía ser víctima de un ataque de *Harry Potter*. Cuando leyó la pregunta de su examen, suspiró aliviado: «¿Necesitamos a los demás para tener conciencia de nosotros mismos?».

La tarde en que se publicaron las notas, celebraron con champán la buena noticia. Estaban solos los dos, pero no necesitaban a nadie más para dar rienda suelta a su alegría. Hasta aquel momento, Martin había rechazado las preguntas acerca de su futuro. Siempre le decía a su madre que no se preocupara, que encontraría su camino. Unas semanas antes había tenido que rellenar un impreso de orientación y se había matriculado en la facultad de Letras e Historia. Pero Martin en el fondo sabía muy bien que su objetivo principal seguía siendo evitar al máximo las interacciones. Los dos últimos años de instituto habían sido un suplicio. La pregunta quedaba en suspenso. ¿Qué iba a hacer con su vida?

8

Ese verano volvieron a Grecia; se había convertido en su ritual. El mes de agosto fue especialmente sofocante. Las temperaturas superaban a menudo los cuarenta grados. Y, lo que es peor, la sequía provocó más de tres mil incendios forestales. Nunca se había visto nada parecido. Todas las naciones europeas enviaban hidroaviones para prestar apoyo a los bomberos griegos. Desde su hotel, encaramado a lo alto de una colina en las afueras de Atenas, Martin y Jeanne observaban los fuegos de las proximidades. Había algo aterrador en la idea de maravillarse de aquel modo ante una tragedia.

Cogieron entonces el barco para ir a Santorini. Tras una jornada dedicada al submarinismo, Martin se preguntó si no debería optar por esa vía. Como Kostas, quien lo había iniciado en aquella práctica, podría hacerse monitor y pasar horas en las profundidades. ¿Acaso podía haber algo mejor para un fóbico de lo contemporáneo? Bajo el agua, nadie le hablaría de *Harry Potter*. Pero ¿le apetecía realmente dedicar su vida a eso? No. Era algo que hacía por placer, una evasión mágica de unas pocas horas de duración, pero desde luego no un oficio. ¿A qué podría dedicarse, entonces? Acordándose de *Besos robados*, la peli de François Truffaut, se dijo que vigilante nocturno en un hotel podía ser una opción. Vivir de noche tenía una ventaja: la mayoría de los seres humanos dormían. Siguió pasando revista a los empleos que revestían un riesgo escaso de intercambio personal a lo largo de todas las vacaciones, pero fue durante el vuelo de vuelta a Francia cuando lo asaltó una súbita certeza.

9

Martin, animal herido por la hegemonía de una saga mundial, había dado con el lugar ideal donde amadrigarse. Las esculturas antiguas o los lienzos clásicos serían su nuevo territorio. El Louvre era el edén de un mundo sin *Harry Potter*.

Vigilante de museo, a eso debía dedicarse. Encontrarse en un espacio que rezumara pasado y donde nadie se acercara jamás a hablar con él. Bastó con enviar el currículum por email para concertar una entrevista. Jacqueline Janin, la responsable de personal, contrataba a muchos estudiantes. Recibió a Martin una mañana en su despacho relativamente reducido. Hablaba en voz baja y debía de ser de las que piden perdón a todas horas. Como había desempeñado toda su trayectoria en el Louvre (algunos la apodaban Belfegor), estaba acostumbrada a ver desfilar candidatos de toda índole, pero el perfil de Martin le pareció atípico desde el primer vistazo:

—No entiendo. Con la nota que ha sacado en el bachillerato, ¿cómo es que no baraja seguir estudiando?

—Tengo la corazonada de que mi lugar está aquí.

—Nada le impide hacer las dos cosas. Vigilante de sala no es una ocupación lo que se dice estimulante. Sobre todo en el Louvre, hay tanta afluencia que no es fácil.

—...

—Siempre podríamos ajustarle los horarios más adelante, si cambia de opinión.

—Gracias.

—En cualquier caso, si me permite el consejo, diga que está escribiendo una novela.

—¿Cómo?

—La gente siempre es un poco curiosa. Le van a hacer muchas preguntas, porque salta a la vista que no encaja usted en ningún perfil. Así que diga que está escribiendo una novela, eso siempre cuela. Es la coartada perfecta en cualquier circunstancia.

Con tan peculiar consejo se despidieron. A Martin le pareció una mujer muy indulgente; más adelante comprendería por qué. Por lo pronto, iba a convertirse en funcionario de silla. A los novatos solían ponerlos en un pasillo con corrientes de aire, a veces junto a los aseos. A Martin no le importó pasar los primeros días en el rincón menos emocionante del museo. Cuanto mejor era tu clasificación en la jerarquía, más te acercabas a la *Gioconda*. La seriedad del nuevo empleado quedó de manifiesto enseguida, de modo que lo destinaron a las salas egipcias. Martin seguía relegado a un rincón, pero, si hacía contorsiones, si se deslizaba hasta el borde del asiento, lograba entrever la sombra de una momia o un ánfora. De nuevo, elogiarían su profesionalidad y lo cambiarían de silla para instalarlo con carácter más perenne delante de una tela procedente del sarcófago del mismísimo Tutankamón.

*

Un día, durante un descanso, se dio una vuelta para hacerle una visita a la Mona Lisa. Tal y como esperaba, reinaba un estado de efervescencia en torno al cuadro más famoso del mundo. Mientras observaba el espectáculo, Martin pensó: «La *Gioconda* es el *Harry Potter* de la pintura». Fuera de los límites de aquel marquito diminuto no existía nada más. Su mirada repasó entonces las demás obras de la sala de los Estados. Para los visitantes, eran invisibles. Martin se identificó con ellas; él también había estado muy cerca del sueño antes de sumirse en el anonimato. Su destino era el mismo que el de un cuadro colgado al lado de la *Gioconda*. Se acercó a uno de ellos: *Retrato de Thomas Stahel*, de Paris Bordone (1500-1571), un óleo sobre lienzo del siglo XVI. Martin no conocía al pintor y no encontró ningún dato sobre el tal Thomas Stahel en su búsqueda posterior. Desconcertado por aquella obra que nadie miraba, sintió una conexión emocional con Thomas Stahel.

*

Aunque el Louvre encarnaba un refugio, había también momentos espinosos. De vez en cuando, Martin identificaba a lo lejos a algún adolescente con una camiseta de Harry Potter. El merchandising era una plaga. Además de las prendas de vestir con la efigie del mago,

Martin tenía miedo, por ejemplo, de que el McDonald's por el que pasaba de camino al trabajo sacara de repente un menú quidditch o de que el Zara de su barrio lanzara una colección con los colores de Hogwarts. J. K. podía surgir detrás de cualquier esquina.

10

Jeanne lamentaba que su hijo no hubiera seguido estudiando, pero era lo que él había elegido. Ahora era mayor de edad. Y nada le impediría cambiar de opinión más adelante. En cualquier caso, aquello marcaba una nueva etapa en la historia de ambos. Ahora que Martin trabajaba, su madre pensó: «Ha llegado el momento de marcharme». Jeanne consideraba a veces que protegía en exceso a su hijo y que su actitud tal vez lo hubiera animado a regodearse en su neurosis. Pero ¿qué podría haber hecho de otra manera? Ella solo había intentado ayudarlo a vivir a pesar de su deficiencia social. Había que reconocer que el resultado no era nada convincente. Martin tenía en ella un apoyo y el día a día seguía siendo complicado. Por lo tanto, sí, dejarlo era una opción. Martin se vería obligado a vivir de forma autónoma y tal vez así conseguiría liberarse mejor de sus miedos.

Desde hacía ya varios meses, a Jeanne se le brindaba la oportunidad de convertirse en corresponsal de *Le Point* en Washington. La situación política en Estados Unidos era de lo más estimulante. Acababa de surgir una voz absolutamente inesperada. Un carismático *outsider* había anunciado su candidatura a la investidura demócrata el 10 de febrero y desde entonces no paraba de comerle terreno a Hillary Clinton. Para muchos, aquel hombre empezaba a suscitar la fiebre de una esperanza inmensa. No cabía duda, había que seguirle la pista a ese candidato, había que seguir a Barack Obama.

Todo se resolvió rápidamente; dejaron el piso y Martin encontró una buhardilla. Tenía muy pocas pertenencias: libros, películas, ropa. Una vida material resumida en un suspiro. Lo mismo le ocurría a Jeanne. Mandó varias cajas al otro lado del Atlántico como avanzadilla. La partida era inminente; primero mencionaron con ligereza los detalles prácticos de aquel cambio radical, como si la dimensión pragmática no fuera a concretarse. Pero a veces debemos creer en la realidad de nuestras palabras. El día del viaje, Martin acompañó a su madre al aeropuerto.

—Ya sabes que, si tienes cualquier problema, me llamas y me vuelvo inmediatamente —dijo Jeanne antes de pasar los controles de aduanas.

—Sí, mamá, ya lo sé. Ya me lo has dicho.

—Vale, vale.

—Anda, ve, que al final pierdes el avión.

—Sí, voy ya, cariño mío. Te voy a echar muchísimo de menos.

—Y yo a ti, mamá.

—Te llamo en cuanto llegue.

—Sí.

—Ah, no, que aquí será de noche. No quiero despertarte.

—Vale, pues nos llamamos luego.

—Esperaré a que sea por la mañana para ti... Pero es verdad que entonces para mí será un poco tarde...

—Mamá, que lo pierdes...

—Ya voy, ya voy.

—Te quiero.

—Yo también te quiero.

Se dieron un largo abrazo. Luego Jeanne pasó el control. De camino a la puerta de embarque, no paró de darse la vuelta. Se dirigían gestos de adiós una y otra vez. Justo antes de perder a Martin de vista, Jeanne pensó que se parecía una barbaridad a su padre.

11

En la otra punta de la sala en la que estaba sentado Martin, una compañera de unos veinte años le lanzaba miradas de vez en cuando. A todas luces, la chica tenía los mismos horarios que él. Martin, poco acostumbrado a interactuar —por decirlo con suavidad—, miraba para otro lado. Una actitud que a ella acabó pareciéndole conmovedora. Imaginaba a un tímido enfermizo de vida interior trepidante. Al final, Mathilde, que así se llamaba la chica, se acercó y le preguntó simplemente si le gustaba estar allí. Él tardo unos segundos largos y sorprendentes en dar con una respuesta a aquella pregunta anodina. No solo porque no poseía el manual de instrucciones de una conversación sencilla, sino por otra razón: encontraba encantadora a la muchacha. Cuántas veces, perdido en el reino de su soledad, no había soñado él con conocer a una chica que lo amara y lo comprendiera. De momento, la cosa empezaba mal, porque seguía sin atreverse a mirarla. Cuando ella se lo señaló, Martin por fin levantó la cabeza, a costa de cierto esfuerzo. Mathilde estaba de pie frente a él, a una distancia aterradora.

A partir de ese momento, se acercó a saludarlo cada dos por tres. Poco a poco, aprendieron a conocerse. Mathilde era de Bretaña y parecía muy orgullosa de sus orígenes. Estudiaba Bellas Artes y trabajaba en el museo para costearse la vida en París. Un día, proclamó su adoración por Camille Claudel. Se embarcó en un largo monólogo febril y cargado de admiración hacia Isabelle Adjani, la actriz que había encarnado a la escultora en el cine. Sus conversaciones empezaban a cobrar cuerpo. Cuando supo que Martin no cursaba estudios en paralelo al empleo de vigilante, Mathilde se quedó intrigada. Martin, que no sabía qué decir, acabó balbuciendo: «Estoy escribiendo una novela». Efectivamente, la eficacia de la respuesta daba hasta miedo. Mathilde entendería perfectamente su elección y el asunto quedaría zanjado. La única pega fue que Mathilde quiso saber más sobre el proyecto. Así, Martin se vio obligado a lanzarse a escribir una especie de novela para estar en condiciones de hablar de la novela que no estaba escribiendo. Una cosa quedaba clara: Mathilde le gustaba cada vez más, muchísimo más que la literatura. ¿Por qué había vivido apartado de la belleza? Para protegerse, de acuerdo. Pero ahora Martin prefería sufrir con aquella chica antes que seguir viviendo en una soledad indolora.

A decir verdad, el encuentro le sentó muy bien. Al sentirse valorado por Mathilde, empezó a desarrollar la mejor versión de sí mismo. Era un muchacho divertido, con mucho encanto y una cultura excepcional. Una noche, durante un paseo, por fin se besaron. Martin se llevó aquel beso a su buhardilla; buhardilla que juzgó demasiado pequeña para lo que acababa de vivir. Al día siguiente, decidieron pasar juntos la noche del sábado. Seguramente harían el amor. Martin estaba agobiado; normal, era su primera vez. Mathilde tenía más experiencia. Había estado tres años con Loïc, su vecino en Crozon. Pero prefirió cortar con él antes de trasladarse a París. No creía en las relaciones a distancia, le explicó. La verdad era que no podía compartir su vida con un chico que pensaba que Botticelli era una marca de pasta.

Total, que quedaron en el estudio de Mathilde, que parecía salido de un catálogo de Ikea. Luces atenuadas, un poco de jazz sonando de fondo; tomaron una cerveza sentados en el borde de la cama de madera. La chica se levantaba a veces para fumar en la ventana, donde las volutas se quedaban inmóviles por un instante. Al cabo de un rato, besarse pasó a ser su mejor opción de conversación. El corazón de Martin se puso a latir con frenesí; no se creía que pudiera ser tan feliz. Pero, en el preciso instante en que se tumbaron en la cama, se fijó en una pila de libros. ¿Cómo había hecho para no verlos antes? Ahora le saltaban a la vista.

Y.
Sí.
Vio un ejemplar de *Harry Potter*.
No, imposible.

Era *La cámara secreta*, un título con un eco especial en aquel momento. Martin intentó dominar la oleada de angustia que se adueñaba de él, pero no lo consiguió. Aquella incursión repentina justo cuando estaba experimentando una dicha tan intensa lo desestabilizó por completo. Al final, ejecutó un movimiento de repliegue.
—¿Estás bien?
—Sí... Sí...
—Esas cosas pasan. Es normal que estés estresado. Yo también lo estoy... —intentó tranquilizarlo Mathilde.

No había nada que hacer, su mente desbarraba del todo. Su fracaso regresaba para burlarse de él, para acorralarlo hasta en sus contados reductos de felicidad. Quería ahuyentar aquel sentimiento, a fin de cuentas era absurdo; tener un libro de *Harry Potter* en casa era lo más normal del mundo. Pero no, no podía sacárselo de la cabeza. Mathilde le hablaba, pero Martin ya no la escuchaba. Resonaban de nuevo en su mente las palabras de David Heyman cuando le anunció que no lo habían escogido a él. La imagen de su humillación infantil enturbiaba y enturbiaría para siempre el presente. Un zumbido desproporcionado invadió su cerebro, se le nubló la vista. Empezó a tener calor, mucho calor. Mathilde quiso ayudarlo, pero Martin balbució que tenía que irse: «¿Cómo? Pero qué me dices...», suspiró ella. Martin ni siquiera atinó a contestarle. Se levantó y se marchó del piso.

12

Martin pasó todo el domingo cavilando. No podía creer que se hubiera soliviantado hasta tal extremo. Todo había vuelto a rondarlo, en el peor momento, en una pérfida puesta en escena. No puede ser, esto no me dejará vivir jamás, repetía sin cesar. Estaba abochornado de haberse comportado así. Mathilde intentó ponerse en contacto con él varias veces, en vano. Necesitaba una explicación, era lo más natural del mundo. Él no cogía el teléfono y se quedaba azorado ante el nombre que aparecía en la pantalla de su teléfono. A la mañana siguiente, Martin acechó su llegada. En cuanto la vio, se acercó y le pidió perdón por su actitud. Prometió explicárselo todo esa misma tarde si ella accedía a tomar algo con él. Pero Mathilde dijo que no con la cabeza. Habría podido perdonar el desconcierto de la noche del sábado, pero su silencio del domingo, no. No soportaba que la hubiera dejado así, en la incomprensión más absoluta. Varios días más tarde, le salieron unas prácticas con un marchante de arte de la rue de Verneuil. Dejó el Louvre y nunca más volvieron a verse. Martin lo había estropeado todo.

13

Cuando hablaba con su madre por teléfono, mencionaba únicamente los aspectos positivos de su vida. Sí, todo bien, de verdad que sí, mamá, va todo estupendamente. Sin embargo, la verdad era otra bien distinta. El episodio de Mathilde lo había dejado conmocionado. No quería volver a vivir un momento así nunca más. Desde luego, la aparición del símbolo de su fracaso en un instante crucial le había resultado de lo más violenta. Pero era consciente de que jamás podría llevar una vida normal mientras algo tan insignificante lo hiciera trizas. Tenía que plantar cara a su enemigo. Iría a una librería y se compraría un ejemplar de *Harry Potter*. Estaba harto de vivir con miedo a enfrentarse a tal o cual situación, con miedo de ir a tal o cual sitio; no soportaba más la maltrecha geografía de sus libertades.

Martin salió de su casa un sábado sobre las diez de una mañana. Por el camino se detuvo aquí y allá, callejeo falsamente relajado. Por fin localizó su objetivo: la librería Galignani, en la rue de Rivoli. Entró como si tal cosa. Podía estar orgulloso de aquella primera etapa. Al repasar con la mirada los libros de la mesa de novedades, constató que ningún nombre le sonaba. Cuánto se había apartado del mundo contemporáneo. En la mesa siguiente, una novela titulada *Ampliación del campo de batalla* le llamó la atención. Le encantó aquel título que sonaba como el eslogan de su acción. Se detuvo un momento delante de la pila, indeciso. ¿Debía vagar por la librería en busca de la sección juvenil o pedir ayuda sin más? No sabía cómo proceder. Por fin se le acercó una librera: «¿Puedo ayudarlo en algo?». Martin pensó: «Muy amable, pero no, nadie puede ayudarme...», pero optó por preguntar dónde estaban los libros de *Harry Potter*. La librera le indicó la sección al instante, gesto que debía de repetir a menudo, y añadió: «También tenemos las ediciones inglesas...». ¿Por qué habría hecho aquel comentario? ¿Cómo podía saber que él era bilingüe? Martin también necesitaba trabajar su leve tendencia a la paranoia. La vendedora había precisado aquel detalle por pura costumbre.

Delante de la pila de libros, se decantó por el último volumen publicado: *Harry Potter y las reliquias de la muerte*. Puede que encerrase el símbolo de una futura resurrección. Su objetivo no era leerlo sino comprarlo, sostenerlo entre sus manos, tenerlo en casa. Después del pánico que lo había asaltado en el estudio de Mathilde, creía que la confrontación que él mismo se imponía ahora sería más difícil. Pero no, se las arreglaba con bastante temple. Pagó sin percances y salió de la librería. Misión cumplida.

14

Sin embargo, la desensibilización no podía quedar ahí. El 15 de julio llegaría a las salas *Harry Potter y el misterio del príncipe*, sexta entrega de la saga. Le quedaba por superar esa etapa: el cine. No obstante, era mejor practicar antes de lanzarse directamente a la boca del lobo. Martin acudía a veces a salas de arte y ensayo, pero llevaba más de diez años sin pisar un multicines. Cerca de su casa estaba el UGC Forum des Halles. En el vestíbulo, un póster inmenso proclamaba los méritos del gran bombazo del momento: *Resacón en Las Vegas*. A Martin le hizo gracia el cartel y se decidió por esa película. Una vez en la sala, observó a la población joven y alegre a su alrededor, que aguardaba con impaciencia el inicio de la proyección. Notó que se le encogía el corazón, no por lo que estaba haciendo, sino al constatar hasta qué punto estaba dejando escapar su juventud. La comparación con la vida de los demás era dolorosa. Por suerte, la sala se sumió en la oscuridad. Como había olvidado por completo que antes de la película habría tráilers, pasó un cuarto de hora presa de la mayor aprensión. Milagrosamente, no apareció ninguna imagen de *Harry Potter*. Por fin empezó la película.

La sesión, sencilla misión de exploración, transcurrió sin sobresaltos, pero fue pese a todo portadora de una gran revelación. En la primera escena, los protagonistas despiertan en la suite de un hotel de Las Vegas. No entienden nada de lo que los rodea: hay un gallo paseándose por la habitación, un tigre en el cuarto de baño y un bebé en el armario. ¿Qué ha pasado? Ninguno guarda el menor recuerdo de lo sucedido durante la noche de borrachera. Amnesia absoluta. Martin pensó que tal vez fuera una solución a su problema. Llevaba años procurando evitar todo aquello que estuviera relacionado con *Harry Potter*. Pero ¿no podía hacer él como los tipos de la película? Salir, ponerse como una cuba y no retener nada del presente. «Beber para olvidar», como aseguraba el dicho. ¿Y si el alcoholismo fuera la salida? Qué más daba que una conversación le hiciera pupa; la amnesia la eliminaría.

Semejante razonamiento podía parecer extraño, pero lo que Martin buscaba en realidad eran espacios en los que poder escapar de sí mismo. Le encantaba la idea de vivir sin recordar. Por lo demás, se comparaba a menudo la merma de lucidez con una suerte de paraíso. Sea como fuere, tenía que probar esa opción. Llevaba años buscando una manera de encontrar una salida. Y nadie podía ayudarlo, porque su enfermedad era huérfana. Era el único ser humano que había estado a punto de encarnar a Harry Potter; el único habitante de un país. Por tanto, volvió a casa para ponerse una americana y darse lo que él imaginaba como un porte nocturno. Pero ¿adónde ir? Tras una breve búsqueda en internet, escogió una discoteca del barrio de Pigalle, la Bus Palladium. Y así fue como se plantó en el club un sábado a las 19:32. El portero le explicó que era un poco pronto. Para hacer tiempo, se pidió unas cervezas en un bar cercano. Como tenía muy poca experiencia con el alcohol, entró en la discoteca dando tumbos. Se encaminó directamente a la pista, él que llevaba tantísimo tiempo sin bailar. Meneó el cuerpo tratando de copiar a los otros bailarines. Su manera de moverse semejaba una conversación que pasaba de una alusión sobre Nietzsche a una receta de musaka. Se posaron sobre él miradas divertidas, pero Martin no se dio cuenta. Su plan funcionaba a las mil maravillas: el alcohol lo desinhibía por completo. Acabó incluso embarcándose en una conversación con un tal Enzo que tenía grandes proyectos artísticos:

—¡Voy a montar un espectáculo histórico! ¡Sobre la Resistencia! Y al mismo tiempo será tipo cabaré..., sí, ¡con bailes y chicas!

—...

—¡Lo voy a llamar Jean Moulin-Rouge!

—...

—¿Te gusta? ¿Eh? ¿Eh?

Por supuesto, Martin no guardaría recuerdo alguno de este diálogo. Al cabo de unas horas, empezó a tener náuseas. Un camarero se acercó y se ofreció a llamarle un taxi. Martin se encontró en su cama, con el síndrome del helicóptero. El techo daba vueltas por encima de su cabeza; se precipitó al baño para vomitar. Su iniciativa terminaba con un brillo patético. El día siguiente fue un domingo de terror. Vaya una ocurrencia para ponerse mejor. ¿Qué mosca le había picado? Claramente, era preferible quedarse en la categoría de los que sufren pero se mantienen sobrios.

15

Las tentativas más recientes no habían cambiado gran cosa. Sí, había sido capaz de comprar un libro; pero aquello representaba una etapa ínfima en el camino de la anhelada curación. Por lo pronto, debía seguir viviendo como hasta ahora. No había día en que no pensara en Daniel Radcliffe. Su fracaso seguía venciéndolo.

Así pasaron varios meses. Martin se implicaba cada vez más en el museo y no vacilaba en hacer horas extra cuando se lo proponían. Fue entonces cuando sucedió algo casi milagroso. Jacqueline Janin iba a jubilarse. Desde la entrevista que le valió el puesto, la responsable de personal lo había convocado varias veces para preguntarle cómo iba todo. Pero su relación no había pasado de un plano superficial. En el museo, nadie sabía que Jacqueline había perdido a su único hijo en un accidente de tráfico, quince años antes; ella había seguido viviendo con aquella amputación de sí misma. ¿Puede ser que viera en Martin, muchacho serio y a la vez soñador, una especie de reflejo de su propio hijo? Sea como fuere, para ella no cabía la menor duda: él era el candidato ideal para sucederla. Solo faltaba convencer al director, que se quedó muy sorprendido con aquella elección:

—Mire, Martin Hill tiene veinte años. Confío en usted, pero en este caso me parece que es demasiado pronto para ofrecerle semejante cargo.

—No he pedido nada en treinta años, bien lo sabe usted. Créame, está hecho para este oficio. Es un joven brillante.

—No lo dudo. Veo en su currículum que aprobó el bachillerato con sobresaliente. A todo esto, ¿sabe por qué no siguió estudiando?

—Creo que está escribiendo una novela...

—Ah, de acuerdo... Pero eso no cambia nada. Le falta experiencia.

—Señor Loyrette, lo entiendo perfectamente. La decisión tiene que tomarla usted, claro está, pero nada le impide darle una oportunidad. Y, si no da la talla, pues escoge a otra persona.

—...

—Se lo pido como favor.

—Bueno... Bueno... Muy bien, lo haremos así.

—Gracias. No se arrepentirá.

*

Eso fue lo que ocurrió realmente. Jacqueline Janin luchó por Martin. Sin haberse presentado, sin siquiera haber hecho una entrevista, el joven se vio catapultado a aquel empleo de dirección. Le ofrecieron el puesto. El director constató inmediatamente la legitimidad de aquella opción. Se elogió su increíble capacidad para escoger a las personas adecuadas y para dirigirlas. Martin Hill sabía detectar mejor que nadie el poderío en la sombra.

*

Martin quiso darle las gracias a Jacqueline invitándola a comer, pero ella se había ido a vivir al sur inmediatamente. A partir de entonces solo intercambiarían un puñado de mensajes cordiales para felicitarse los cumpleaños o el año nuevo, pero nada más. Ella había sido una presencia benigna en su vida, una especie de ángel que pasa. Y a Martin le había venido la mar de bien sentir una mirada así sobre él. Antes de abandonar el museo, Jacqueline incluso declaró: «No olvide que creo en usted...». Estas palabras resonaron como la promesa de una fortaleza. Durante mucho tiempo, Martin había pensado que sufría por culpa de la victoria del Otro, pero era su propia derrota la que lo obsesionaba. Había dedicado una década a subestimarse, a imaginar que su vida era un fracaso porque él era un fracasado. La asombrosa generosidad de Jacqueline Janin lo incitaba a tener confianza en sí mismo. Naturalmente, había recibido mucho amor de sus padres. Pero en este caso se trataba de una persona ajena. Una persona que, en cierto modo, no tenía ninguna obligación afectiva para con él.

16

¿Y si el amor fuese la solución? Sentirse deseado, valorado, amado, tal vez ese fuera el antídoto para la obsesión de su fracaso. Pero para ello tenía que conocer a una mujer que pudiera vendarle el corazón. Se puso a buscarla. Como es natural, primero intentó restablecer el contacto con Mathilde, pero esta no quería ni oír hablar de él. Martin acechó entonces a las visitantes del museo, se dio de alta en webs de contactos y empezó a caminar más despacio por la calle. Pero no había nada que hacer; ni el más mínimo encuentro en el horizonte. Sencillamente, Martin había pasado por alto un elemento: es de sobra sabido que para hallar el amor hay que dejar de buscarlo. Cuando se topó con un anuncio de una vidente, decidió consultarle. La mujer respiró muy hondo, como si hubiera que practicar la apnea para entrever el porvenir en lo más hondo de una misma, y al final dijo: «La conocerá usted en una cocina...». Martin quiso saber más, pero era lo único que la pitonisa veía. Aun así, aquel dato enigmático y lapidario le costó cien euros.

17

Como si fuese director de casting del Louvre, su nueva función consistía en escoger a los vigilantes de sala. Qué ironía para aquel que tanto sufría por haber sido descartado. Desde luego, los desafíos tenían menos importancia; muy lejos quedaba el papel protagonista de una película de fama internacional. Muchos candidatos, estudiantes universitarios en su mayoría, solo pretendían sacarse un dinerillo. Pero a Martin le impactó enseguida una particularidad que no había sospechado: él no era el único que se presentaba en el museo en busca de refugio. Al igual que él, allí recalaban hombres y mujeres con la esperanza de huir del doloroso contexto de lo contemporáneo. Es más, se vio frente a un auténtico ejército de segundones.

Entre los aspirantes conoció a un escritor que había sido finalista del premio Goncourt en 1978. Aquel año ganó un Patrick Modiano de treinta y tres años, por su sexta novela, *Calle de las Tiendas Oscuras*. Desde entonces, el laureado novelista no paraba de acumular éxitos y fascinaba a las masas en sus intervenciones televisadas en el programa de Bernard Pivot. Para el perdedor, la gloria del Otro se convirtió en la prolongación permanente de su fracaso.* Agotado de ver por todas partes al que fugazmente había sido su rival, al final dejó de escribir. Y hete aquí que ahora pretendía hallar cobijo en un museo. A Martin lo trastornó la trayectoria de aquel hombre, tan similar a la suya. Lo contrató *ipso facto*.

Todos los perdedores de concursos mediáticos habían vivido ese mismo sufrimiento: un fracaso acentuado por la imagen permanente del júbilo del ganador. Siempre se les podía decir: «¡Es magnífico que hayas llegado a la final!». Pero no, nadie podía regocijarse de un recorrido que terminaba tan cerca de la meta. Era preferible mantenerse en la sombra a rozar la luz. La amargura se multiplicaba. El rechazado regresaba a las profundidades del desinterés general mientras las atenciones de todos cegaban al afortunado. Aunque un Goncourt no valía lo mismo que un Potter en materia de intensidad, las adversidades sí que eran comparables.

Varias semanas más tarde, fichó a una antigua dama de honor de Miss Francia. En 1987, se había quedado a las puertas del título frente a Nathalie Marquay, que más tarde se casaría con un famoso presentador de informativos. Lo habitual es que la elegida solo capte la atención de los focos durante un año. De este modo, los tormentos de la perdedora se alivian con el término de la fase de mediatización; solo que en este caso no hubo punto final. Nathalie Marquay participaría incluso en un programa de telerrealidad. Por ello, igual que el escritor no premiado, la primera dama de honor de Miss Francia 1987 deseaba esconderse a la sombra de los cuadros.

---

* Y eso que todavía no había vivido lo que se anunciaba como el grado sumo del suplicio: en 2014, Modiano ganaría el Premio Nobel.

Martin no daba crédito; estaba contratando a sus hermanos y hermanas de sufrimiento. No había acritud en su comportamiento, solo un deseo de protegerse de los ataques de la actualidad durante unas horas cada día. El aspirante que entraba en ese mismo instante en su despacho encarnaría un nuevo ejemplo. Inquieto, Karim barrió la estancia con la mirada antes de sentarse. Se lo notaba en un permanente estado de alerta. Tras repasar su currículum, Martin preguntó:

—¿Es usted actor?

—¿Cómo lo sabe?

—Porque lo pone aquí...

—Ah, jolín, debí de mandar un currículum antiguo. Decidí dejarlo.

—Pese a todo, ha participado en varias películas. Su carrera parecía prometedora...

—Sí, pero todo eso se acabó.

—Y quiere ser vigilante de sala.

—Sí. Me apetece estar en un sitio... que..., cómo decirlo... No sé, aquí uno se olvida de todo.

—Lo entiendo. Pero no es tan sencillo como parece. Hay gente, hay que mantener la concentración...

—Imagino...

—¿Le puedo hacer una pregunta?

—No ha hecho otra cosa desde que he entrado.

—Sí, cierto... Me refería a una pregunta más personal...

—Adelante.

—¿Quién ocupó su lugar?

—¿Cómo? —dijo Karim, desconcertado.

—Que quién ocupó su lugar.

—Pero... Pero... ¿Por qué me pregunta eso?

—El papel..., ¿a quién se lo dieron?

—Pero...

—¿Qué película era?

—...

—Puede contármelo todo.

—No sé por qué me suelta eso... de buenas a primeras... —balbució Karim.

Hubo un tiempo muerto durante el cual el joven no
supo qué pensar. Por espacio de un segundo, se preguntó
si aquello no sería una especie de cámara oculta. Pero no,
no podía ser. Él había acudido allí por propia iniciativa;
nadie podría haber premeditado semejante jugarreta. En
un tono muy cordial, Martin repitió que podía contárselo
todo, que quedaría entre ellos dos. Al final, Karim confesó:

—*Un profeta*. Fue *Un profeta*... la película de Jacques
Audiard.

—Y supongo que ya solo quedaban el otro y usted.

—Pues... sí... ¿Cómo...?

—Lo sé.

—A decir verdad, no me gusta mucho hablar de eso.

—Lo entiendo.

—...

—¿Podemos tutearnos? —propuso Martin—. Tenemos más o menos la misma edad.

—Sí.

—¿Cómo se llamaba el otro actor?

—Ta... har... No me apetece pronunciar su nombre...

—Sí, eso también lo comprendo.

—Para colmo, el tío hizo doblete en los premios César. Qué asco me da...

Mucho más tarde, Martin le contaría su aventura a
Karim. Este último no saldría de su asombro. Quedarse
a un tris de ser Harry Potter le pareció muchísimo más
violento que su propio fracaso. De pronto se sentiría como
ante el paciente cero de su enfermedad. Por lo pronto,
Martin seguía invitando a hablar a Karim. Al igual que él,

el joven actor no había pedido nada en un primer momento. Jacques Audiard lo vio en una de sus interpretaciones en otra película y solicitó conocerlo. Durante el primer encuentro simplemente charlaron; la corriente fluyó entre ellos y Karim se marchó tratando de dominar su entusiasmo. Audiard tenía una reputación espectacular. Ya había dirigido grandes películas, como *Un héroe muy discreto* o *De latir, mi corazón se ha parado*. Trabajar con él no solo era el sueño de cualquier actor, sino que podía cambiar el curso de una carrera, acaso de una vida.

Dar con el intérprete de su nuevo proyecto representaba para Jacques Audiard un auténtico reto. Era evidente que necesitaba a un desconocido. Unas semanas después se vio frente a dos opciones. Vaciló, hizo varias pruebas a un actor, luego al otro. Karim hablaba de un período euforizante y a la vez angustioso. Se documentó a fondo acerca del universo carcelario, trabajó los andares, el vocabulario; estaba dispuesto a todo para conseguir el papel. Audiard parecía impresionado por la voluntad del joven, que empezaba a creer seriamente en sus posibilidades. Era la oportunidad de su vida; estaba escrito para él, no le cabía la menor duda. Sin embargo, al final Jacques Audiard se quedó con Tahar Rahim. ¿Quién era ese tío? Nadie había oído hablar de él jamás. Un desconocido acababa de robarle su sueño. Karim cayó en lo que finalmente reconoció como una depresión. Pasó semanas sin salir de la cama, dándole vueltas al desafortunado giro que había dado su destino. Sus allegados intentaron subirle la moral. A fin de cuentas, no había sido ninguna fruslería: Audiard le había echado el ojo. Seguro que lo escogería para la siguiente película. Las atenciones, los empeños de su entorno eran gestos amables, pero nada de lo que le dijeran podía ayudarlo. Karim remontó el bache sin ayuda y empezó a sentirse mejor. Volvió a la senda de los castings, logró animarse. Pero, al igual que Martin, sufrió lo que podríamos denominar como la segunda ola. Una resaca del fracaso que sería aún más violenta.

En mayo de 2009, *Un profeta* causó sensación en el Festival de Cannes. La revelación fulminante de su joven intérprete estaba en boca de todos. Unos meses después salió doblemente premiado de la ceremonia de los César: mejor actor y mejor revelación. *Un prodigio*. Raras veces había despegado así una carrera, con tal unanimidad. Cada parcela del éxito de Tahar Rahim derrotaba un poco más a Karim, que se sentía movido por la rabia y el asco. Y lo que es peor, su madre olvidó en el salón una revista de cotilleo donde aparecía una imagen del actor, todo sonrisas, en compañía de una joven. El pie de foto rezaba: «Además del éxito, Tahar Rahim encontró el amor en el rodaje. Leila y él son ahora inseparables...». Karim escudriñó la foto largo rato, en particular la cara de aquella chica. Le pareció tan guapa que aquello terminó de rematarlo.

El monólogo duró casi veinte minutos. Martin tenía lágrimas en los ojos; había sentido en sus carnes cada palabra. Se levantó para abrazar a su compañero de desdicha. Y al final balbució un «Muy bien, estás contratado...». Karim retrocedió un metro, como si de pronto acabara de recobrar el sentido de la realidad. Nunca había hecho una entrevista tan incongruente.

18

Martin ya no se sentía solo, y eso cambiaba muchas cosas. Karim y él se ayudaban mutuamente en la estrategia de evitación, de Daniel Radcliffe en el caso de uno y de Tahar Rahim en el caso del otro. Pero seguía siendo igual de complicado. Ahora que la saga *Harry Potter* había acabado, la prensa no paraba de examinar hasta los hechos y gestos más insignificantes de su actor principal. Centenares de artículos versaban sobre el siguiente capítulo de su carrera. «¿Qué hará ahora?». La pregunta obsesionaba al planeta mediático. Total, que aquello no se acabaría nunca. *A priori*, estaba rodando una película de terror, *La mujer de negro*. Lo único que podía hacer Martin era esperar que los siguientes proyectos cinematográficos fuesen un chasco y que Radcliffe cayera paulatinamente en el olvido. Le deseaba una carrera al más puro estilo Macaulay Culkin, al que tanto le costó recuperarse del bombazo de *Solo en casa*. Por lo demás, se rumoreaba que Radcliffe había caído en el alcoholismo, de modo que tal vez hubiera una esperanza... que se atenuó enseguida. En las entrevistas que el actor concedía con regularidad no paraba de alardear de la increíble aventura que era su vida.

Martin podía estar orgulloso de sí mismo: había sobrevivido a siete novelas y ocho películas. Sin embargo, el final de la saga no había sofocado en absoluto la histeria; todo lo contrario. Se lanzaban peticiones constantemente para que J. K. Rowling retomara los personajes en un libro. Se especulaba, se protestaba, se fantaseaba. Había conmemoraciones y celebraciones miraras donde miraras. Y la guinda: acababa de anunciarse una nueva serie de películas, *Animales fantásticos y dónde encontrarlos,* que sería una especie de derivado narrativo de *Harry Potter*. Martin estaba agotado de antemano.

19

Transcurrieron varios meses en este ambiente bicéfalo. Martin alternaba los momentos de realización profesional con aquellos en los que dudaba de poder llevar una vida normal en un futuro. Hasta el día que Jeanne decidió darle una sorpresa. Echaba muchísimo de menos a su hijo; no soportaba más verlo solamente por pantalla interpuesta. Sin avisarlo, cogió un vuelo a París, se presentó en el Louvre directamente desde el aeropuerto, le hizo una foto a una obra y se la envió. Martin podría haberse preguntado por qué su madre compartía aquel cuadro con él, pero lo supo instintivamente: «Está aquí». Salió del despacho a todo correr, atravesó incontables salas zigzagueando entre los visitantes y por fin llegó hasta la *Mujer ante el espejo* de Tiziano. Sí, allí estaba Jeanne. Qué bonito gesto había tenido. Ella también lo vio y se acercaron el uno al otro muy despacio. Se abrazaron con tan poca compostura que varios japoneses inmortalizaron el instante.

20

No se trataba de una mera visita. Jeanne había decidido volver a Francia para ver a su hijo, pero también por hartazgo de la vida en Estados Unidos. Había entablado muy pocas relaciones. Tanto en el amor como en la amistad, aquel país era una tierra de mero coqueteo. Por otra parte, la situación ya no era tan interesante. Se cumplía la primera mitad del mandato de Barack Obama y la reelección parecía ya ganada. En cambio, Jeanne había visto varias veces en Washington a Dominique Strauss-Kahn y estaba convencida de que sería el siguiente inquilino del Elíseo. Por ello, se había propuesto escribir un ensayo sobre él: *D. S.-K., un presidente francés made in USA*. Meses más tarde, se vería obligada a abandonar el proyecto.

Recuperaron sus viejas costumbres, alternando paseos y restaurantes. Aunque Jeanne seguía evitando el tema tabú, tenía una idea que quería compartir con su hijo. Una idea que giraba en torno a la expresión «vencer al mal con el mal». A decir verdad, aquel pensamiento no surgía de la nada. Jeanne acababa de descubrir que en un castillo de Polonia se había hecho una réplica exacta de Hogwarts. Y que se organizaban estancias para los fans. A Jeanne le parecía evidente que, igual que existían prácticas en las cabinas de mando de los aviones para quienes tenían fobia a volar, su hijo debía participar en uno de aquellos viajes organizados.

—¿Estás hablando en serio?

—Completamente.

—No veo de qué manera podría tranquilizarme.

—Me has dicho que te sentó bien poder comprar un libro o ir al cine. Esto sería la etapa suprema. Estoy segura de que, si pasas esa prueba, todo se solucionará.

—No tiene ni pies ni cabeza.

—Cariño mío, nada tiene ni pies ni cabeza desde el principio.

Había que reconocer que a su madre no le faltaba razón. Su vida no se parecía a ninguna otra. Estaba paralizado por la obra más famosa del mundo. Tal vez Jeanne estuviera en lo cierto. Se obraría el milagro y él saldría del trance feliz, por fin. A Martin no le convencía la idea, pero valía la pena probar. En el peor de los casos, si se sentía demasiado mal, siempre podría dar media vuelta.

21

Mientras atravesaba pueblos polacos, pensó fugazmente que podría establecerse en alguno de ellos. «Cambiar de vida» es el eslogan contemporáneo por excelencia. Nunca antes las existencias se habían alimentado tanto de la necesidad de transformarse a sí mismas. Hasta ahora, los destinos eran lineales en su gran mayoría; hoy en día en cambio hay electricistas que se meten a profesores de yoga y docentes que abren queserías. En la pequeña localidad de Jędrzychowice, Martin podría permitirse un nuevo destino. Muy lejos de *Harry Potter*, se encontraría perdido entre *La montaña mágica* de Thomas Mann y *El mago de Lublin* de Isaac Bashevis Singer.

Para entretenerse durante los últimos kilómetros que faltaban para llegar a Czocha, repasó minuciosamente una vez más los elementos de su programa. El folleto indicaba, entre otras cosas, que era obligatorio hablar inglés para participar en la experiencia. Al llegar habría una copa de bienvenida durante la cual se indicaría a los participantes la casa donde se alojarían. La Ceremonia de Selección, como en el libro. Además del hospedaje, en el precio iba incluido el alquiler de una vestimenta de mago. Era un modelo básico y cada cual tenía libertad para añadir accesorios más sofisticados. Para ello, podían dirigirse a Gringotts (el banco de *Harry Potter*) y cambiar euros por galeones de oro, *sickles* de plata y *knuts* de bronce. Antes del inicio de las festividades, estaba prevista una pequeña sesión de *shopping* en el callejón Diagon. Bajo un aspecto lúdico, la empresa monetizaba cada parcela del sueño.

Martin, que tan cerca había estado de tocar el original, se disponía a penetrar en la guarida de la réplica. Se adueñaba de él el perfume ácido de la pérdida de categoría. Al bajar del autobús, le indicaron la dirección del castillo. Debía caminar un kilómetro, más o menos. Aunque la mayoría de participantes llegaba en coche, Martin compartió el camino con otros peatones. Se fijó en una chica pelirroja, en un chico con un abrigo entallado muy raído y en otro que daba saltitos y parecía hablar con los insectos del arcén de la carretera; en definitiva, todo aquello aparentaba ser una procesión con vistas a ingresar en una secta. Por lo demás, los vecinos del pueblo se apostaban delante de sus casas para verlos pasar. Debía de resultarles divertida la visión de aquellos eternos adolescentes disfrazados de aprendices de mago. Pronto, Martin se quedaría más tranquilo: los que llegaban andando eran los más raritos. La mayoría de los participantes iba allí a pasar un buen rato, a rozar aquello que los había reconfortado durante la infancia.

22

Por fin divisó el castillo. Por el largo camino que desembocaba en la entrada principal se oía el tema mítico de la película, compuesto por John Williams. Una de esas melodías que tienen el poder de grabarse a fuego en la mente y no desaparecer jamás. En la escalinata, un coloso que debía de ser el Hagrid polaco recibía a los recién llegados con una sonrisa de oreja a oreja y les entregaba la carta de convocatoria. Habían transformado el vestíbulo en comedor; a pesar de que saltaba a la vista que estaba hecho a menor escala que el de Hogwarts, la réplica era impresionante. Todo el mundo parecía maravillado; claramente, estaban en el reino de los fans. Algunos se expresaban con palabras raras, otros probaban ya fórmulas mágicas. Martin fue uno de los primeros en sentarse. Esperaba que lo embargaran sensaciones mucho más desestabilizadoras, pero resultó que dominaba bastante bien la situación. Al final comprendió por qué. Por lo general, se mantenía en un estado de alerta constante. Aquí, en el núcleo del reactor, no había que temer ninguna intrusión repentina. La circunstancia de hostilidad estaba tan claramente establecida que se volvía aceptable.

Después del Hagrid polaco apareció el Dumbledore polaco. Su larga barba blanca olía a postizo barato. Por entusiastas que fueran, aquellos trabajadores intermitentes del mundo del espectáculo no disponían del presupuesto de la Warner. A la mesa, Martin coincidió con un joven con pinta de tímido y una chica tan parlanchina que era capaz de hablar consigo misma. Comentaba todo lo que se le pasaba por la cabeza, hasta que en un momento dado exclamó: «¡Espero estar en Gryffindor, es la mejor casa!». No había atisbo de sarcasmo en sus palabras, parecía estar interpretando su propia vida. Aquella estadounidense, que se llamaba Jessica, era una pura réplica de Hermione. Su deseo fue atendido; una muestra del poder del pensamiento positivo. Minutos más tarde, el Dumbledore polaco anunció, tras consultar el sombrero seleccionador: «Martin Hill... ¡Gryffindor!». Todo el mundo le aplaudió, sin que él acabara de entender qué estaba pasando. Jessica le susurró: «Genial, estamos juntos». Al dúo se sumó el chico que se encontraba en la misma mesa que ellos, un checo pelirrojo llamado Pavel. Él también fue a dar al mismo sector. Se constituyó una especie de tríada y Martin no pudo evitar ver en ellos una similitud con los personajes de la novela. Si sus dos acólitos eran Hermione y Ron, eso significaba que Harry Potter era él.

Mientras dejaban sus cosas en el dormitorio, Jessica le dijo a Martin:

—Te pareces un montón a Potter. Qué inquietante.

—¿Ah, sí?

—No te hagas el sorprendido. Seguro que te lo han dicho más veces.

—...

—¿Tú qué opinas? —le preguntó a Pavel.

—Sí, es verdad... —contestó el checo con un acento muy marcado, aunque se notaba que no quería llevarle la contraria a Jessica.

Minutos más tarde, todo el dormitorio escudriñaba el rostro de Martin exclamando: «El parecido es asombroso...». Hasta el punto de que uno de los participantes acabó por decir:

—¡Ah, ya lo entiendo! ¡Tú eres de la organización!

—En absoluto —contestó sin entusiasmo Martin.

—Ya, ya, claro...

Martin no dijo nada más y dejó que los más emocionados se entusiasmaran ante aquella descabellada hipótesis.

23

La mañana del día siguiente estaba dedicada a los duelos de magos. De entrada, el juego consistía en memorizar las fórmulas sagradas. La mayoría de los participantes las conocía todas. Se oían gritos de «¡*Furnunculus!*»,* «¡*Riddikulus!*»** e incluso «¡*Levicorpus!*».*** Cada cual se afanaba con su varita mágica, pero no ocurría nada. Que un turista se encontrara en el decorado de Hogwarts no implicaba que fuera a hacer aparecer sapos, así por las buenas. Ante la insistencia general, Martin tuvo que prestarse al jueguecito. Y eso que estaba agotado. Como no estaba acostumbrado a los dormitorios colectivos, solo había dormido dos o tres horas. Y hete aquí que

---

* ¡Que te salgan espinillas!
** ¡Transfórmate en personaje cómico!
*** ¡Suspéndete en el aire por el tobillo!

ahora lo exhortaban a obrar un milagro. Los participantes daban palmas para animarlo y entonaban unos «¡Harry! ¡Harry!» cada vez más sobreexcitados. Habían decidido que ya no era Martin. Él, perdiendo paulatinamente la lucidez, levantó entonces la varita y buscó su objetivo. Localizó a una chica muy alta y muy delgada, como dibujada por Giacometti. Se acercó a ella muy despacio. Todo el mundo contuvo el aliento. Su objetivo se echó a temblar; unas gotitas de sudor le perlaban las sienes. Como auténtica fan que era, tenía la sensación de estar realmente frente al genuino Harry Potter. Tal vez tuviera razón. Martin parecía poseído. En una especie de trance, trató de hacer memoria para recordar un encantamiento. Hasta que por fin llegó la iluminación. De pronto gritó «¡*Obscuro!*»* mirando fijamente a su víctima. Al instante, la ancha felpa negra de la chica se le escurrió sobre los ojos. El efecto fue sobrecogedor. El alboroto se transformó en silencio; la música de la estupefacción. Acababa de suceder algo mágico, por no decir sobrenatural.

Durante el almuerzo no se habló de otro tema en todas las mesas. El responsable de la estancia, el falso Dumbledore, se acercó a Martin:

—Parece que tenemos a Harry Potter entre nosotros.

—...

—El parecido es asombroso... —musitó, repentinamente enfebrecido.

Él mismo vivía obsesionado por el universo de J. K. Rowling; había creado aquel espacio en calidad de fan. Intentó darle palique, hacerle preguntas, pero Martin

---

* ¡Caiga una venda negra sobre tus ojos!

escurrió el bulto mediante respuestas escuetas o inaudibles. Cada hora que pasaba allí era más rara que la anterior. No obstante, todo el mundo se mostraba encantador con él. Martin descubría el sentimiento de ser apreciado, incluso el de ser popular. Habría podido congratularse, pero sucedió lo contrario. El entusiasmo que suscitaba en el Hogwarts de pacotilla le permitía imaginar cómo podrían haber sido las cosas en la versión real. Aquel viaje le brindaba fragmentos de un cuento de hadas que no era el suyo.

Jessica le dio unos toquecitos en el hombro: «Date prisa, que va a empezar el partido de quidditch...». Minutos después, todos estaban reunidos en el inmenso parque del castillo. El Hagrid polaco anunció que el ganador se llevaría la famosa copa de quidditch de las cuatro casas. Martin juzgaba bastante atrevido organizar semejante evento: los participantes no tardarían en darse cuenta de que sus escobas no volaban. Dado que Martin era Harry Potter, se dio por hecho que sería bueno en aquel deporte y lo animaron para que capitaneara a su equipo, algo a lo que él se mostró contrario. Jessica y Pavel estaban emocionadísimos, seguros de que con su campeón ganarían. Martin los examinó un instante, pasmado por el poderío de su convicción. Había que ser retorcido para creer en él.

Arrancó el partido, que parecía más una especie de juego de balón prisionero. La principal diferencia era que se desplazaban con una escoba entre los muslos. Sin saber muy bien por qué, Martin se movía con una facilidad desconcertante. Era el que mejor lograba colocarse detrás de un adversario para ponerlo en fuera de juego. Cada vez que marcaba, se intensificaba la histeria a su alrededor. Las palabras de ánimo eran incesantes: «¡Harry! ¡Harry! ¡Harry!». Martin corría en todas direcciones, no sabía ya ni quién era, no sabía tampoco cuál era el objetivo de aquel juego estúpido. Estaba perdido en la Polonia profunda, sudoroso y embrutecido por el cansancio, nadando en pleno delirio. Se esperaba que marcara el punto de la victoria (por fin había comprendido las reglas del juego). Fue entonces cuando, de buenas a primeras, tiró su escoba al suelo. Una actitud que desencadenó la estupefacción general. ¿Por qué había hecho eso? Puede que, en plena jugada decisiva, estuviera intentando lograr algo insólito. Algunos murmuraron que había que confiar en él; detrás del gesto tenía que haber necesariamente una estrategia. No en vano se trataba de Harry Potter en persona. Martin giró sobre sí mismo, observando a la multitud que rodeaba el terreno de juego, pendiente de todos y cada uno de sus gestos. Prolongó aún un instante aquella imagen congelada antes de estallar en una súbita carcajada. Nadie entendía nada. ¿Cómo podía reírse en medio de una acción tan seria?

Abandonó el terreno de juego bajo las miradas atónitas. Al no validar el último punto, hacía que su equipo perdiera. «Puede que sea otra estrategia», quisieron creer algunos optimistas irreductibles. Pero no, había que reconocer la verdad: se estaba quitando de en medio. Dos o tres fans se precipitaron para retenerlo. Martin amenazó con lanzar un encantamiento a quien le cerrara el paso. Aterrorizados, los iluminados se apartaron al instante. Continuó solo el camino hasta el dormitorio, agarró su mochila y se marchó del castillo. Durante el trayecto de regreso, se dijo que aquella extraña aventura había tenido el mérito de confirmar algo que ya sabía desde siempre, a saber, que Harry Potter debería haber sido él.

24

Contó la aventura a su madre. Una vez más, para complacerla, reconoció que le había sentado bien. En realidad, no había cambiado gran cosa. Martin era capaz de acercarse al universo de J. K. Rowling, lo cual era en sí un gran paso, pero en su boca el sabor amargo del fracaso se mantenía inexorable. Nada parecía poder liberarlo. Todavía tendría que esperar un poco antes de hallar la solución.

Martin le contó también su viaje a Karim. A este último le hizo gracia imaginar la cara de los participantes plantados sobre el terreno de juego del subquidditch. Al final dijo:

—A lo mejor yo también puedo hacer eso.

—¿El qué?

—Vencer al mal con el mal.

—Ah, ya.

—Pero bueno... Para eso tendría que ir a la cárcel... —añadió con una sonrisa.

Siguieron imaginando estrategias para olvidar al Otro, en un tono de ligereza. Juntos lo desdramatizaban todo. A Martin lo sosegaba sentirse comprendido. En el fondo, Karim era mucho más que un amigo; era su *profeta*.

25

Aquella tarde, Karim invitó a Martin a que lo acompañara a una fiesta. Los organizadores habían colgado una invitación en el portal de su edificio. En un tono muy educado, y para paliar un poco las molestias que causaría la juerga, invitaban a los vecinos a pasarse a tomar algo. La clase de nota que se escribe pensando que nadie tendrá agallas de acoplarse. No conocían a Karim. Ir a sitios donde no se cruzaría con ninguna cara conocida, y donde nadie lo esperaba, se había convertido en el estribillo de su vida. Desde el casting fatal, no soportaba ver a sus amistades, ya que todos le recordaban su pasado sin ser conscientes de ello. De ahí que Martin acompañara a su amigo a la casa de aquella pareja desconocida, a la casa de aquellos dos especímenes de normalidad.

Karim llevó alcohol fuerte con tal de debilitarse cuanto antes. Y Martin, una simple botella de Schweppes. Al principio se mantuvieron al margen, arrinconados al fondo de la cocina. Cuando la borrachera se apoderó de Karim, este quiso ir a bailar al salón. Martin se puso a hilvanar conversaciones inconexas, lanzando fragmentos de frases aquí y allá, como si pudiera desmigar sus pensamientos. Es difícil determinar en qué punto exacto de la partitura nocturna se hablaron Sophie y él. Durante la noche llega un momento en que la hora deja de existir. Cada vez que Sophie iba a la nevera a coger una cerveza, lo veía allí plantado, como un faro en medio de la fiesta. Al final le dirigió la palabra, pero como Martin no era ningún hacha para las réplicas, la cosa quedó en monólogo. ¿Es más fácil desahogarse con un mudo? En el caso de Sophie, cabe pensar que sí. Le explicó que estaba terminando Medicina y se disponía a hacer las primeras sustituciones. De niña le encantaba jugar a los médicos con su hermano. Con cuatro o cinco años, lo auscultaba con instrumentos de plástico, firmaba recetas improbables y lo obligaba a ingerir brebajes supuestamente milagrosos. Sometido a aquella praxis ficticia, su hermano jamás enfermó. Sophie vio en ello una señal obvia de su don. Hay cierta belleza en la idea de que un juego de niños pueda convertirse en la ocupación de una adulta. Hete aquí lo que le contaba a Martin. Aunque, en el fondo, el cuerpo solo le pedía una cosa: saber más sobre su silencioso interlocutor. ¿Quién era?

A Martin le gustó recibir las palabras de aquella desconocida que con tanta naturalidad le había abierto su corazón. Concentrado en los detalles de su relato, dejó de prestar atención a los invitados de paso que lo apartaban para coger un vaso o tirar la ceniza por la ventana. Escuchar hablar a esa chica era salirse de la multitud. Se sentía bien con ella, era instintivo; y realmente excepcional para una criatura que se entusiasma con la misma frecuencia que llueve en Etiopía. Ahora le tocaba hablar a él. Sophie le había preguntado: «¿Y tú? ¿A qué te dedicas?». Tocaba definirse, tener algo que decir sobre uno mismo, brindar el pasado para recibir presente. Soñaba con un encuentro que no se basara en nada concreto. Se acordó de las palabras de Flaubert a Louise Colet: «Lo que me parece bello, lo que me gustaría hacer, es un libro sobre nada, que se sostuviera por sí mismo gracias a la fuerza interior de su estilo». Sí, ese era exactamente su deseo: vivir un encuentro sin tener que narrarse, un encuentro que se sostuviera gracias a la mera fuerza interior de su estilo.

El regreso de un Karim borracho como una cuba salvó a Martin de la esperada confesión. «¿Dónde estabas? ¡Te he buscado por todas partes!». Frase del todo inverosímil en un piso de un dormitorio. Su aparición no fue sino una distracción brevísima. Se fue como había venido y Martin ya no lo vio más en toda la noche. Aprovechó, pese a todo, para explicar: «Somos colegas del Louvre...». Unas palabras que parecieron seducir a su interlocutora. Temible eficacia, la de la mención de un prestigioso museo en una entrevista de contratación sentimental. Martin se lanzó a explicar su trayectoria, pero a medida que iba hilando palabras el volumen de su voz se redujo. Al no estar de veras convencido de lo que contaba, el relato cobró aires de libro de desarrollo personal escrito por Schopenhauer. A Sophie le pareció realmente atípico, lo que acentuó su atracción. Sin embargo, cada vez que trataba de averiguar algo más, él escurría el bulto. Martin adoptaba la actitud de un hombre que pretendiera escapar a su biógrafa.

Martin se acordó entonces de Mathilde, de sus conversaciones nocturnas, de la belleza de los momentos en los que se descubrían. Y, luego, de la manera en que él había destrozado la relación. Era preciso extraer de su vergüenza la fuerza necesaria para ser un hombre diferente en esta ocasión. Y eso fue exactamente lo que hizo. Cambiando por completo de tono, se puso a hablar. Sophie tuvo la impresión de encontrarse frente a un chico que modificaba su trayectoria, como quien altera el rumbo de un avión. Acababa de cambiar de destino. Sus frases se hilvanaban ahora con cierta soltura, pasando de una teoría sobre las nubes a las primeras películas de David Lynch. Sophie nunca había conocido a nadie tan atípico ni tan divertido. Ni siquiera había visto pasar la noche cuando comenzó a amanecer. Se fueron juntos de la fiesta, pero ninguno de los dos parecía tener talento para ratificar la certeza de sus respectivos deseos. Sophie debía de estar esperando que Martin diera el primer paso sin figurarse que en materia amorosa él solo había conocido el estancamiento. En una época en que el amor se excita con la inmediatez, puede que tuviera cierto encanto dejar actuar a dos analfabetos del corazón. Se despidieron tras intercambiar los números de teléfono.

Una vez a solas, cada uno en su casa, se tacharon de ridículos. Antes de quedarse dormida, Sophie repasó su actitud de las horas previas. No quería acudir a aquella fiesta. Una de sus amigas había insistido una barbaridad. ¿Acaso no es siempre así? Los grandes encuentros se producen a la sombra de nuestra voluntad. Sabiendo esto, deberíamos hacer siempre lo contrario de lo que teníamos previsto. En cuanto a Martin, solo cuando estuvo en la cama tuvo la iluminación: «¡La he conocido en una cocina!».

26

Unos días más tarde, quedaron para comer. Martin no quiso contar su historia en esa primera cita. Sabía que se lo desvelaría todo, pero por lo pronto le agradaba la mirada virgen que Sophie posaba sobre él. Conocer a alguien es permitirse existir de nuevo sin el propio pasado. Uno se cuenta como le apetece, puede saltarse páginas y hasta empezar por el final. Esta libertad narrativa acabó en invitación a cenar por parte de Sophie. Martin se preguntó qué flores debía regalarle, antes de pedirle al florista que le pusiera «una de cada». Aquel ramo totalmente barroco resultó ser curiosamente homogéneo. Sophie dio las gracias a su invitado y colocó las flores en un jarrón. Martin accedió a un saloncito encantador; se fijó en el cartel de *Noche de estreno* de Cassavetes por encima del sofá. Sophie propuso que se pusieran cómodos para tomar un aperitivo, pero Martin le hizo un gesto para que esperara. Se dirigió hacia una pequeña librería que había en el otro extremo de la estancia. ¿Había metido en su casa a una especie de psicópata literario? Sí, Martin acababa de entrar en su casa y estaba examinando minuciosamente sus libros. Al final se decidió a preguntarle:

—¿Te ayudo? ¿Buscas algo concreto?

—Perdona, estoy mirando...

—¿En qué consiste tu vicio? ¿Solo te quedas a cenar si te gustan mis libros? —replicó ella para relajar el ambiente, apurada por aquella situación cuyo sentido se le escapaba.

Al cabo de un momento, Martin se volvió con una sonrisa de oreja a oreja.

Sophie no tenía nada de *Harry Potter*.

Cuarta parte

1

A Martin no le falló la intuición: solo el amor permitía poner fin al sufrimiento. Sophie le devolvió la plena posesión de su confianza en sí mismo. Se sentía capaz de asumir su fracaso en vez de padecerlo. Siendo amado dejaba de ser vulnerable. Era un acontecimiento dulce y casi milagroso. Cuando surgía *Harry Potter*, bastaba con mirar para otro lado. Aquella trágica historia parecía definitivamente zanjada.

2

Martin seguía trabajando en el Louvre y Sophie había abierto una consulta. Cuando a uno le dolía la tripa, iba a ver a la otra; cuando la otra quería curarse el alma, iba a ver al primero. Y los domingos daban largos paseos por los jardines de las Tullerías con su perro, Jack. Conviene contar una escena en particular, una que tuvo lugar en los primeros tiempos de su historia. Una escena que enriqueció la mitología de su evidencia. Mientras hacían la compra para la cena, Sophie le dirigió a Martin esta recomendación: «No te olvides de los yogures que te gustan». Era la misma frase que su padre había pronunciado antes de desmayarse; la última frase de la vida normal. Martin se quedó paralizado un instante y miró a Sophie como si fuera una fractura de la realidad. Llegó incluso a considerar aquella increíble coincidencia como una señal enviada por su padre; una especie de bendición procedente del más allá.

Jeanne acababa de casarse con Nicolas, un inspector de policía que había conocido tres años atrás en circunstancias cuando menos peculiares. Por aquel entonces, Marc intentó retomar el contacto con ella. Leyendo *Le Point* se había dado cuenta de que ella había vuelto a Francia. Y se puso a esperarla cada tarde a la salida del trabajo. Ella accedió a hablar con él; Marc le juraba que había cambiado, aseguraba que quería pedirle perdón a Martin. Se presentaba como un hombre nuevo, sincero, y desarmado frente a su actitud del pasado. Pero Jeanne no bajó la guardia, temiendo por encima de todo volver a caer en los artificios de su manipulación. Como reacción a la distancia que ella mantenía entre ambos, Marc la atosigaba cada vez más. A Jeanne no le quedó más remedio que ponerle una denuncia por acoso. Y fue entonces, durante la visita a la comisaría, mientras intentaba en vano sacar un café de una máquina recalcitrante, cuando Nicolas acudió en su ayuda. Extraño encadenamiento de las cosas de la vida.

Karim, por su parte, seguía tan presente como de costumbre en la vida de Martin. Su destino había sido muy instructivo. Pocas semanas después de la velada en la que Martin conoció a Sophie, Jacques Audiard volvió a llamarlo. En un primer momento, Karim dudó mucho (el miedo a la recaída), pero se impuso la curiosidad y de nuevo se vio ante el gran director, que parecía francamente contento de volver a ver al que había estado a punto de ser su *Profeta*. Audiard le explicó enseguida a Karim que veía en él a uno de los compañeros de trabajo de Marion Cotillard en su nuevo proyecto: *De óxido y hueso*. La película estaba ambientada en un parque acuático con delfines y leones marinos. Para preparar el papel, tendría que incorporarse a un equipo de domadores auténticos. Difícilmente podía ofrecérsele semejante perita en dulce a un joven actor. Sin embargo, Karim dijo de entrada que necesitaba pensárselo. Audiard esbozó un amago de cara de estupefacción. Llevaba años sin ver a un intérprete dudar ante una propuesta suya. Para justificarse, Karim explicó que había dejado el oficio después del casting de *Un profeta*. Audiard trató de hacerlo entrar en razón. Con su talento, era absurdo renunciar. Pronunció esa frase que suele oírse en estos casos: «Cuando uno se cae del caballo, tiene que volver a montar enseguida». Tiró incluso de humor, añadiendo: «Cuando uno se cae del caballo, tiene que montarse en un delfín». Karim sonrió, pero tenía la cabeza en otra parte. Pensó en la felicidad que le habría proporcionado aquella conversación unos años antes. Pero ya no podía ser. Había sufrido mucho, había sufrido demasiado. Así que se levantó, insistió en pagar los cafés y anunció con parsimonia: «Señor Audiard, le agradezco de todo corazón la propuesta, pero mi respuesta es no». Y se marchó.

Esa misma noche se lo contó todo a Martin. Lo que había hecho su amigo no cambiaba nada de su propia historia, y sin embargo la anécdota lo apaciguó. Lo violento del fracaso es perder el dominio del propio destino. Es la sumisión a las decisiones de otro. Al actuar de ese modo, Karim no reparaba nada, pero experimentaba una sensación parecida a la de recuperar el control. Era él quien había decidido sobre su propia suerte, y ese acto de valentía conmovió a Martin. Con su actitud, Karim había vengado el honor de todos los segundones.

3

Ciertos dolores parecen no tener solución. Después de los años de tregua, Martin sintió que volvía a sumirse en la agonía de su fracaso. La melancolía siempre llega anunciada por la lentitud. Se puso a hacerlo todo más despacio: levantarse, asearse, comer, pensar. Sophie no sabía qué hacer, nunca se había enfrentado a los períodos más negros de su pareja. Martin se revolcaba de nuevo en el rencor y cada vez limitaba más sus salidas. No paraba de preguntarse: «Pero ¿por qué vuelve todo? ¿Por qué?». Le resultaba incomprensible. De nuevo, evitaba poner la tele por miedo a dar con una película de *Harry Potter*. Las dificultades de su pasado habían regresado sin previo aviso.

Sophie pidió ayuda a Jeanne, a quien el anuncio de la recaída de su hijo dejó descompuesta. Recordaba sus años de intentarlo todo, de probarlo todo. Pero en realidad nada había funcionado hasta el día en que Martin conoció el amor. Por eso mismo, Jeanne se permitió preguntar:

—¿Vosotros dos estáis bien, como siempre?

—¿Por qué me preguntas eso? Claro que sí. Lo quiero más que a nadie. Y me mortifica verlo así...

—...

—Me muero de ganas de ayudarlo. De encontrar una solución...

Efectivamente, Sophie no paraba de pensar en Martin. Fiel a su condición de médica, intentó racionalizar la situación:

—Amor mío, ha tenido que haber un elemento desencadenante, por fuerza.

—No sé.

—¿Estás estresado en el trabajo? El miedo a un nuevo fracaso...

No, no era eso. Todo lo contrario, pensaban confiarle más responsabilidades en el Louvre. Por más que rebuscara en sus recuerdos recientes, no daba con la tecla. Acechaba cada detalle; pero no le venía nada; ni siquiera se había cruzado con ningún lector de J. K. Rowling en el metro. Martin estaba desesperado. Todo se le venía encima de nuevo. Los intentos de esquivar la vida del Otro, el deseo de apartarse del mundo, los empeños sobrehumanos para algo tan sencillo como comprar un libro o ir al cine, sí, todo había vuelto. ¿Por qué? Sophie y él formaban una pareja maravillosa, ¿entonces? ¿Estaba condenado a la desdicha pasara lo que pasara?

4

Unas semanas antes, la pareja había hablado de la posibilidad de tener un hijo. Incluso le habían puesto nombre: Sacha si era niño y Sasha si era niña. Esta conversación fue el origen de la recaída. Al proyectarse a su futuro como padre, se sumió de nuevo en el mundo de la infancia. Y se representó a su hijo o a su hija viendo o leyendo *Harry Potter*. Los años pasaban y la fiebre no se extinguía. Incluso se habían inaugurado sendos parques de atracciones con la efigie del mago en Orlando (Florida) y en Osaka (Japón). Tener un hijo implicaba necesariamente enfrentarse una vez más a ese universo. Era como decirle a un exdrogadicto: «Mire, ahora va a llenar usted de cocaína una ensaladera grande y la va a colocar en un sitio bien visible de su casa». La comparación puede parecer excesiva, pero ser padre cuando tienes problemas con *Harry Potter* implica claramente catapultarte a una situación incómoda.

La peor consecuencia de un fracaso es que transforma el resto de tu vida en un fracaso perpetuo. Martin comprendió que no escaparía jamás. Una cosa sí la tenía clara: no estaba dispuesto a obligar a sus futuros vástagos a sufrir su fragilidad abismal. Y, a la mujer que amaba, menos todavía. Planteó entonces la posibilidad de terminar con Sophie, que se rebeló:

—Vida mía, sé que estás muy mal. Pero déjate de chaladuras, hazme el favor. No vamos a cortar, vamos a luchar juntos...

—No quiero ser un lastre para ti.

—Nunca lo serás.

—No puedo más. Veinte años atormentándome con lo mismo...

—Ya lo sé. Pero estos últimos años has estado estupendamente. No hay motivo para que no recuperes ese bienestar.

—Me encantaría acabar con esto de una vez por todas. Y mira que trato de razonar: no me dieron el papel, ¿y qué? Pero no lo consigo.

—Lo entiendo, vida mía. Pero tienes treinta años y todo a tu favor. No voy a dejar que mandes tu vida al garete por algo así. Nuestra vida.

—...

—Te prometo que encontraremos la solución.

5

Sophie se puso a hacer búsquedas. Encontró de casualidad varios artículos sobre las FailCon, unos ciclos de conferencias sobre el fracaso creados en Estados Unidos con réplicas por todo el mundo. Se organizaban grandes encuentros articulados en torno a charlas en las que los participantes contaban todo aquello en lo que habían fallado. En el transcurso de una cita multitudinaria en 2015, *L'Express* publicó un artículo titulado: «Todos los *losers* se reúnen en Toulouse». Si uno hablaba inglés, se daba cuenta de que hasta la elección de la sede formaba parte integrante del proyecto. Se oían eslóganes tipo «¡El fracaso forma parte del éxito!», pero la cosa consistía sobre todo en escuchar trayectorias de vida inspiradoras. En aquellos congresos te cruzabas con empresarios que habían quebrado, artistas que superaban un fiasco y hasta miembros del Partido Socialista. Sophie le enseñó los vídeos a Martin, que recordó su lejana sesión con el doctor Xenakis. Escuchar los fracasos de los demás para sentirse mejor era un truco muy trillado para él.

6

Sophie barajó toda clase de prácticas médicas y paramédicas, desde la osteopatía a la etiopatía, desde la sofrología a la acupuntura. Rápidamente comprendió que Martin no quería ver a nadie. No se sentía a gusto con la idea de compartir su malestar, ni siquiera en sesiones silenciosas. Al final, le dio por pensar en el poder de la escritura. Se ponderaba a menudo la capacidad sosegadora de las palabras sobre lo que hace daño. Lo mismo ocurría con la pintura o con cualquier otra expresión artística, con eso que englobamos bajo la denominación de «arteterapia». Sin embargo, era con lo escrito con lo que Martin sentía más afinidad.

Había garabateado algunas páginas en el pasado, una especie de diarios íntimos o cuadernos de reflexiones. Pero luego lo había tirado todo; no quería conservar indicios de sus confesiones. Sophie lo animaba a emprender la redacción de un nuevo relato autobiográfico. Contar por fin, de un modo pausado, lo que había vivido. ¿Por qué no? Escribiría para él, a la manera de un hombre que hace la maleta sin irse de vacaciones. Para darse algo de aire, decidió componer su relato en tercera persona. Los primeros días trajeron consigo una tregua. Nada más volver del Louvre, se sentaba a la mesa de trabajo. Para dejarlo tranquilo, Sophie se las ingeniaba para salir por las tardes y citarse con amigos. Cuando se quedaba en casa, se encerraba en el dormitorio. De vez en cuando se acercaba a Martin para comprobar si iba todo bien, y él la ahuyentaba al instante. Se lo veía profundamente concentrado. Como estaba evocando los recuerdos de su infancia, almorzó con su madre para hacerle preguntas. Había olvidado por completo que Jeanne y John se conocieron en un concierto de los Cure. A Jeanne todo eso se le antojaba como algo muy lejano; su juventud ya ni siquiera sonaba por la radio.

Un sábado por la tarde, más o menos un mes después del arranque de la empresa literaria, Sophie se acercó al manuscrito. Martin había impreso las primeras páginas; le parecía lo más práctico para releerse. Descubrió entonces el título: *De cómo eché mi vida a perder*. No solo le pareció poco atractivo, sino que no comprendió por qué formulaba semejante constatación. Era absurdo, a la luz de lo que había conseguido y, para colmo, nada alentador en lo que a su historia de amor se refería. Cuando Martin entró de nuevo en la estancia, Sophie comentó con una pizca de frialdad:

—He visto el título.

—...

—Un poco deprimente, ¿no te parece? A mí por lo menos un título así no me da ninguna gana de leer el libro.

—...

—Sinceramente, creía que escribir te sentaría bien. Pero vas... y escoges un título superlúgubre... Bueno, y gracias por la parte que me toca...

—...

—¿Qué quieres que te diga? Si has echado tu vida a perder...

Sophie salió del salón y se refugió en el dormitorio. Martin no había previsto aquello en absoluto. Con ese título había querido recalcar su sentimiento principal: el de un fracaso que da impulso, independientemente de lo que uno haga luego, a una vida marcada por la energía del chasco. Pues claro que no se refería a ella. De hecho, tenía la intención de contar hasta qué punto el amor le había hecho bien. Es más: el amor lo había salvado.

Se sintió ridículo y se encaminó a la habitación. De rodillas junto a la cama, balbució:

—Perdóname. No iba para nada contra ti. Todo lo contrario, eres lo más bonito que me ha pasado. Y lo sabes...

—...

—Amor mío, te lo suplico...

En ese momento, Sophie se volvió y agarró la mano de Martin. Este hilvanó aún algunas palabras de disculpa antes de añadir:

—Voy a dejar el libro. Tú tenías razón: al principio, me vino muy bien. Tenía la sensación de estar poniendo orden en mi cabeza. Pero ahora estoy llegando al casting... Y no me apetece infligirme ese castigo. Contar de nuevo todo lo que me hace daño.

—Lo comprendo.

—Me da pavor que me encuentres excesivo. Hay momentos en que debes de pensar que exagero...

—No. Percibo tu sufrimiento. Y me parece legítimo. Pero es que me saca de quicio no ser capaz de ayudarte.

—...

—No paro de buscar palabras que puedan darte paz. No pretendo compararlo con lo que tú has vivido, ¿eh?, pero es algo verdaderamente sintomático de nuestro tiempo.

—¿El qué?

—Cuando me meto en Instagram y veo la maravillosa vida de la gente, yo a veces también tengo la sensación de que la mía es una porquería o un fracaso.

—...

—Hoy en día vivimos sometidos a la dictadura de la felicidad de los demás. O más bien de la presunta felicidad...

Martin se detuvo en aquella fórmula: «La dictadura de la felicidad de los demás». Podría haber sido un buen título. Pero la decisión estaba tomada: abandonaba el proyecto de escritura. Comprendía que a través de las palabras se pudiera liberar lo que uno tenía guardado en lo más hondo, incluso había empezado a sentirlo; una especie de terapia mediante comas. Pero, en última instancia, aquello no era para él. Al ir a buscar los vestigios de su sufrimiento, tenía la sensación de que este se encarnaba de nuevo. Y hete aquí que Martin empezaba de cero una vez más, en la incertidumbre más absoluta.

7

Hubo peleas y reconciliaciones; hubo miedos al futuro y refugios en las bellezas del pasado. Aquella pareja que tenía todos los mimbres para ser suiza estaba volviéndose rusa. Martin estaba malogrando su vida, porque prefería sufrir solo. Lo intentaron todo, nada funcionaba.

Y entonces.

Y entonces, una tarde, Sophie se acercó a Martin. Mucho, sí, en exceso. Su expresión parecía distinta; incluso la manera en que giró la llave en la cerradura se antojaba inédita. Martin levantó la cabeza en su dirección, hizo amago de sonreír, pero las manifestaciones de afecto le exigían un esfuerzo desmesurado. Su amor por ella ya no vencía sobre el autodesprecio. Y entonces, con la boca pegada a su oreja, Sophie susurró: «Creo que he encontrado la solución...».

8

Martin la interrogó, pero ella no quiso soltar prenda. Al día siguiente, por la tarde, sencillamente le pidió que se vistiera para salir. Nada extravagante, una camisa y una americana. Iba a llevarlo... a un sitio; él odiaba las sorpresas, él, que planificaba hasta las acciones y gestos más insignificantes por miedo a enfrentarse a imprevistos. Sophie le prometió que no irían muy lejos; tardarían diez minutos a lo sumo en llegar a pie a su destino.

En la calle reinaba un ambiente extrañamente tranquilo. La ciudad parecía detenida, como si ella también aguardara lo que estaba a punto de ocurrir. Llegaron a la puerta del Ritz, el palacio de la place Vendôme. De forma instintiva, Martin imaginó que Sophie había organizado una de esas veladas románticas que presuntamente consolidan la pareja. Una cena a la luz de las velas en un entorno sublime. La belleza como recurso infalible frente a las incertidumbres. Pero, por lo visto, no. Sophie anunció:

—Aquí es donde nuestros caminos se separan...

—...

Imprimió un tono lúdico a sus palabras. Martin tenía que entrar solo en el hotel, sin saber lo que pasaría. El corazón le latía desbocado, como si quisiera escapársele del cuerpo. Todo estaba adquiriendo un cariz incómodo. Solo le apetecía una cosa: dar media vuelta y volver a casa. Sin embargo, no tenía elección. La mirada de Sophie no era una proposición, sino una orden.

Antes de dejarlo solo, añadió un sencillo: «Ve al bar Hemingway». Martin entró en el hotel. Un cartel indicaba el bar; había que atravesar un largo pasillo de moqueta roja. Tras un París casi desierto, Martin tampoco se cruzó con nadie allí, lo que acentuaba la sensación de vivir un momento desgajado de la realidad. El bar estaba ahí, ante él. Se permitió leer el letrerito que explicaba que el gran escritor estadounidense se bebió en aquel lugar cincuenta y un *dry martinis* para celebrar la liberación de París. Aquella posteridad líquida era sin duda agradable, pero él no estaba de humor para demorarse en el tema; quería saber; quería comprender.

Martin entró muy despacito en el bar, como para no despertar al decorado. El camarero levantó la cabeza, pero no esbozó ninguna señal concreta; siguió ordenando las botellas con minuciosidad. La sala estaba extrañamente vacía; ni hombres de negocios ni parejas ilegítimas. Solo había una persona, sentada en la barra, junto a un cóctel imposible de identificar. Martin se acercó por instinto a uno de los asientos cuando el único cliente se giró hacia él.

Era Daniel Radcliffe.

9

La víspera, Sophie se había enterado de que el actor estaba rodando en París la nueva película de Claire Denis. Al igual que Robert Pattinson, Daniel Radcliffe había contado en una entrevista que soñaba con trabajar con la directora. Esta última escribió entonces, mano a mano con Christine Angot, un guion para él. *Milk City* narraba el deambular de un joven inglés por un París hostil. Radcliffe se sentía feliz en aquel ambiente a años luz de *Harry Potter*.

Sophie adoraba hacer hablar a sus pacientes. Una psicóloga frustrada dormitaba en su interior. Por eso le preguntó a la joven que se estaba vistiendo después de un chequeo rutinario: «¿A qué se dedica actualmente?». La chica, que trabajaba esporádicamente en el mundillo del espectáculo, contestó: «A poca cosa... Solo me salen figuraciones de vez en cuando... Ayer estuve en una peli de Claire Denis... Con Daniel Radcliffe...». Sophie soltó la pluma que tenía en la mano. Canceló las citas posteriores y literalmente echó a correr hacia la dirección que le había indicado la paciente. De pura casualidad, todavía estaban rodando allí. Tras filmar los exteriores, el equipo se metió en un pequeño edificio del distrito II para las secuencias ambientadas en el piso del protagonista. Dos guardaespaldas, presencia rara en un rodaje de pequeño presupuesto, protegían el acceso al decorado: los fans de Daniel Radcliffe se pasaban el día allí acampados para divisar a su ídolo. Sophie comprendió que establecer contacto con la estrella sería complicado. A ella también la tomarían por una grupi. Al cabo de un rato, se fijó en una chica del equipo cuya labor consistía en cortar el paso a los coches, sin duda para evitar un exceso de ruido durante las tomas. Aprovechando un momento tranquilo, Sophie se acercó a ella: «Si le doy una carta para Daniel Radcliffe, ¿cree usted que podrá entregársela?». La muchacha, encantadora, contestó: «Entregársela sí, pero no le puedo prometer que vaya a leerla...».

Sophie se metió entonces en un café cercano y se puso a redactar la carta en inglés. Un puñado de palabras sencillas: había que ser breve. Era consciente de que el actor estaba asediado de solicitudes. En el sobre, para llamar su atención, escribió en mayúsculas: «FROM MARTIN HILL. THE OTHER POTTER». La chica no faltó a su promesa y dejó la carta en el camerino de Radcliffe. Dos horas después, Sophie creyó que se desmayaba al recibir un SMS del actor.

10

Era, pues, la primera vez que se veían. Martin, paralizado, pidió una copa de vino para relajarse. Y eso que Daniel lo había recibido con una sonrisa de oreja a oreja; saltaba a la vista que procuraba que se sintiera a gusto. Desde hacía dos décadas, nadie lo había tratado de una manera totalmente normal. Pero hoy, él también estaba febril. Frente a él se encontraba la vida que podría haber tenido.

Martin llevaba mucho tiempo sin hablar inglés. Tras la sucesión de tragedias, la convirtió en lengua muerta. Además del estrés y de la conmoción del encuentro, tenía que rebuscar el vocabulario en su infancia. Por suerte, Daniel asumió el mando de la conversación.

—He pensado en ti a menudo, ¿sabes? Cuando me dieron el papel estaba eufórico, pero sabía perfectamente que al final solo habíamos quedado dos. Quise incluso llamarte por teléfono, pero no lo hice. Me daba miedo no decir más que tópicos o que me guardaras rencor...

—...

—Y, sin embargo, nadie podía entenderte mejor que yo. Me acuerdo de la terrible espera de la respuesta. Cuántas veces me dije que no me elegirían a mí. Imaginé que la cosa acabaría ahí...

—Pero no fue eso lo que pasó...

—Ya. Recuerdo que le pregunté al productor si podía ver tus pruebas.

—¿Ah, sí? ¿Por qué?

—No lo sé. Quizá para comprender por qué me había escogido a mí. Sabía que habían dudado entre tú y yo, así que quería ver lo que había marcado la diferencia.

—Yo nunca he visto esas imágenes.

—Yo al final tampoco.

—Cuando hice las pruebas, se los veía a todos entusiasmadísimos —explicó Martin, con la confianza que le daba la sinceridad de Daniel—. Eso fue lo más duro. Habría preferido que me dijeran directamente que yo no servía, en vez de vivir todo aquello...

—Ya lo sé. Ya lo sé... Pero creo que durante mucho tiempo te quisieron a ti, hasta que cambiaron de opinión.

La conversación fluía cristalina. Eran las dos vertientes de una misma situación; aquello los unía. Al final, pidieron una botella de vino tinto y se acomodaron en el fondo del bar, casi en penumbra. Una pareja se sentó un poco más lejos, sin identificar a Daniel. De lo contrario, le habrían pedido inmediatamente una foto.

—Hasta la gente que pasa totalmente de mí o de Potter quiere un selfi, solo para enseñarlo por ahí. Un día me dio por intentar contar la cantidad de fotografías en las que aparezco; calculo que habrá más de un millón. En veinte años, debo de haber batido el récord de tiempo sonriendo... —añadió Daniel antes de seguir con los recuerdos del casting—: Al principio, cuando pensaba en ti, me daba pena. Tal vez incluso lástima. Ya ves... Me imaginaba lo duro que tenía que ser para ti.

—...

—Era todo superraro. Pensaba mucho, pero mucho, en aquella injusticia. Hasta que entendí por qué...

—¿Por qué?

—Me había embarcado en un ritmo... extravagante, loco, agotador. Cuando pensaba en ti era para preguntarme cómo habría sido mi vida sin *Harry Potter*. Enseguida me di cuenta de que para mí se había terminado, que ya nunca más podría tener una vida normal.

—...

—Y...

—¿Qué?

—Igual te parece raro, pero a veces era todo tan duro que... creo que te envidiaba. Sí, de verdad, me decía que mi vida habría sido mejor sin todo eso. Me pasaba en los momentos de más estrés o de cansancio, claro. En cualquier caso, me acordaba de ti. Se convirtió casi en una obsesión...

Martin se quedó estupefacto; él, que tanto había sufrido por haberse perdido una existencia extraordinaria, oía ahora a Daniel Radcliffe expresar un pesar similar. Aunque todavía no se daba cuenta, esa sencilla idea iba a permitirle equilibrar un poco el destino. Ya no habría un vencedor y un vencido. Naturalmente, Daniel solo experimentaba esa sensación en los momentos más difíciles, pero aun así: él la conocía.

—Estaba viviendo experiencias increíbles, lo sé muy bien. Pero en detrimento de todo lo demás —continuó.

—...

—Desde el principio ya nada era igual. En mi barrio, todo el mundo quería ser mi mejor amigo. Hubo incluso peleas entre mis antiguos compañeros de colegio. Se volvió insoportable. Nada era real. Yo ya no era Daniel, sino Harry...

—...

—Y eso que había cosas peores. A Tom, el que hace de Draco Malfoy, el malo..., los niños le escupían. No diferenciaban entre la película y la realidad. Hace unos meses leí en una entrevista que se planteó el suicidio... Me dejó tocado... Pero cómo lo entiendo...

—...

—Total, que nos íbamos aislando cada vez más. Teníamos un colegio para nosotros, con los horarios adaptados. El resto del tiempo lo dedicábamos a rodar. Estábamos condenados a vivir juntos.

—En algunos reportajes que he visto, pintaba todo maravilloso.

—Pues claro, éramos una auténtica pandilla de amigos. Pero ya no podía hacer nada más. Imposible ir al cine, pasearme por la calle. No me quejo, solo te digo que esa vida a veces era muy complicada.

—...

—Nadie actuaba conmigo con naturalidad. Una vez leí una anécdota que contaba Ringo Starr y que describía exactamente eso.

—¿Qué decía?

—Que estaba en casa de su tía y se le cayó la taza de té.

—¿Y?

—Todo el mundo se precipitó para recoger los pedazos, cuando antes Ringo se habría llevado un buen sopapo... Es aterrador, en el fondo.

—Entiendo adónde quieres llegar, Daniel, y de verdad que me parece muy amable por tu parte. Estás intentando mitigar mi amargura. Y es cierto que me sienta bien oír lo me estás diciendo...

—No estoy intentando redimirme por haber conseguido el papel. Sé muy bien que eso no dependió de mí. Y está claro que mi vida también ha sido genial. Además, me flipa ser actor. En el fondo, ni siquiera estoy seguro de estar contándote todo esto por ti. Son cosas que para mí también han sido una lata y me alegro de poder hablar de ello. ¿Te crees que no sé que Harry Potter no tiene derecho a quejarse? Sí, mi vida es una pasada. Sí, todo el mundo sueña con estar en mi pellejo. Pero yo a veces habría dado cualquier cosa con tal de no ser yo, aunque solo fuera durante un día...

—...

—La cotidianidad era infernal en muchos momentos. Horas y horas de maquillaje. Aparte, no me permitían esquiar ni tomar el sol. Sí, dicho así, qué más da eso, ¿no? Pero si te quitan libertades ya verás como se vuelven obsesivas.

—...

—Llegó un punto en que no podía más. Estuve a un tris de mandarlo todo al cuerno. Es *vox populi*: tuve problemas de alcoholismo. De todos modos, en cuanto me encontraba mal se enteraba todo el mundo. Si meaba torcido, al día siguiente aparecía en la portada del *Daily Mail*. Vivo perseguido, no me dan ni una mínima tregua, ¿tú crees que eso puede gustarle a alguien?

—No, me parece que más bien no.

—Hasta mis perros tienen guardaespaldas, ¿en qué cabeza cabe?

—Ya.

—Fíjate que hasta tienen sus propios fans... Reciben un montón de regalos. ¿Te puedes creer este mundo de locos?

—...

—Cuando *Potter* terminó, me dije que por fin podría respirar. Tener un poco de oxígeno. Me comprometí con una obra de teatro. Y fue espantoso. Cada noche había hordas de fotógrafos. ¡Yo solo quería actuar! Al cabo de un tiempo, se me ocurrió una idea. Todos los días me vestía igual. Eso desvaloriza las imágenes de los *paparazzi*, imagínatelo, porque no se pueden datar... Y todos no pueden vender siempre la misma foto.

—...

—Y no te cuento todas las gilipolleces que leo sobre mí. ¡Acabo de enterarme de que encargué una estatua con mi efigie! No sé de dónde se habrán sacado eso. Sobre todo porque no puedo estar más harto de verme la cara; no tiene ningún sentido...

Era evidente que Daniel necesitaba hablar. Cualquiera que lo escuchara casi lo habría creído capaz de escribir él también *De cómo eché mi vida a perder*. Desde luego, su relato era excesivo, pero permitía a Martin reubicar los elementos bajo una perspectiva nueva. ¿Qué era el éxito, a fin de cuentas? ¿Y el fracaso? Su frustración había arraigado en la fantasía de otro destino que pintaba mejor. Pero ¿qué sabía él en realidad del día a día del Otro? Poca cosa, aparte de lo que contaban los medios de comunicación y la industria de los sueños.

Daniel reanudó su depresiva letanía, solo que esta vez con una pizca de humor y de autocrítica:

—¡Lo peor de todo es que nadie sabe cómo me llamo!

—...

—¡Todo el mundo me llama Harry por la calle! Que si Harry esto, que si Harry lo otro... Todo el santo día escuchando «¡ay, mira, es Harry!», «¡ven, vamos a pedirle una foto a Harry!». Y así va a ser toda mi vida. Ya ves, ahora estoy rodando una película, pero a nadie le importa un pito. O bien dirán: «Ah, mira, sale el tío que hacía de Harry Potter». Por más que trabaje, por más que me motive, siempre estaré encerrado en ese papel. Así que sí, es alucinante, pero también es una cárcel de oro.

—...

—Te parecerá que exagero, pero a veces tengo la sensación de haber vendido mi juventud al diablo.

Daniel se detuvo en esa frase antes de añadir hasta qué punto se alegraba de haber conocido a Martin. Ahora quería saber más sobre él. ¿Qué había hecho en todos estos años? «¿Yo?... Poca cosa...», respondió Martin sin más al principio. Pero enseguida rectificó. No, eso no era verdad. Tenía un oficio que lo apasionaba y una mujer maravillosa. Una mujer gracias a la cual estaba viviendo el momento que le cambiaría la vida. Aunque de un tiempo a esta parte había tenido una recaída, podía hablar de los últimos años con mucha alegría. Aludió, aun así, a los malos ratos, a la necesidad constante de esconderse o a la extraña sensación de tener una vida parecida a la de Harry Potter. Se extendió un buen rato en su relato, sin ocultar nada, desde la dificultad para comprar un libro hasta su viaje al Hogwarts polaco. Daniel estaba sobrecogido. Aquella historia podría haber sido la suya. Sentía una empatía inmensa hacia Martin. Es raro que uno tenga acceso a su destino opuesto; nuestro camino único no brinda el menor acceso a los senderos que no tomamos.

*

En cierto modo, los dos habían soñado con la vida del otro. Los dos habían deseado lo que no tenían. La luz en el caso de uno; la sombra para el otro. Al conocerse, se sosegaron mutuamente. Y llenaron, de alguna manera, la parte ausente de su destino. Pero la cosa no acabó ahí. No solo decidieron volver a verse, sino que finalmente compartirían *la vida del otro*. Daniel llevaría a Martin a una ceremonia de los Globos de Oro, mientras que Martin propondría a Daniel que pasara un día entero en una sala del Louvre. La gente no mira a los vigilantes. Con el uniforme, no lo reconocerían. Nadie podría imaginar que la persona que decía *«No flash, please»* era el mismísimo Harry Potter.

*

La noche de su primer encuentro, justo antes de despedirse, Daniel le preguntó a Martin: «¿Puedo hacer algo por ti?». Martin se tomó un tiempo para reflexionar y al final contestó: «Sí».*

11

Era muy tarde cuando Martin volvió a casa caminando por la noche parisina. Por primera vez en mucho tiempo, se sentía ligero. Tenía la sensación de reencontrarse con el niño que fue; el niño de antes del casting. Pero, sobre todo, pensaba en Sophie. Había estado maravillosa. Él jamás habría pensado que conocer a Daniel pudiera apaciguarlo. Al contrario, se había pasado la vida esquivándolo, envidiándolo y odiándolo. Martin comprendía por fin el valor que tenía el hecho de no haber sido elegido.

---

* Unos meses más tarde, durante un preestreno, Daniel Radcliffe lució una corbata paraguas. Aquel accesorio, que suscitó primero curiosidad y después entusiasmo, se convertiría en un auténtico éxito.

Al abrir la puerta del piso, tuvo mucho cuidado de no hacer ruido. En el salón, el manuscrito abandonado atrajo su mirada; tal vez lo retomara. En el dormitorio, Sophie dormía plácidamente. Martin se quedó inmóvil un instante, observándola en la penumbra, maravillado por su hombro, que asomaba por encima de la sábana. Podía dar comienzo su vida.

Todo un acontecimiento, número 1 en Francia

Una emocionante novela sobre el amor a los libros por el autor que ha cautivado a millones de lectores y con quince premios literarios, entre ellos el Renaudot y el Goncourt des lycéens